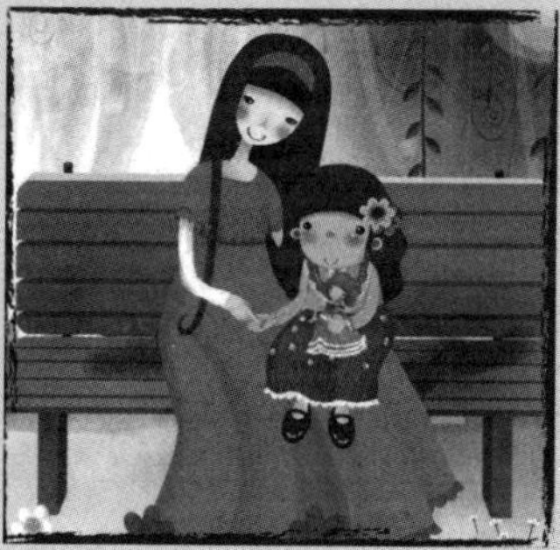

鲜花感恩雨露的滋润，
苍鹰感恩蓝天的壮阔，
大地感恩春光的芬芳……
一句问候，一点关爱，一个笑容……
你的感恩，请从这里开始。

老师

令中国学生受益一生的眷眷师恩

The teachers' guidance and help will Benefit us all our life

总策划/邢 涛　主编/龚 勋

汕头大学出版社

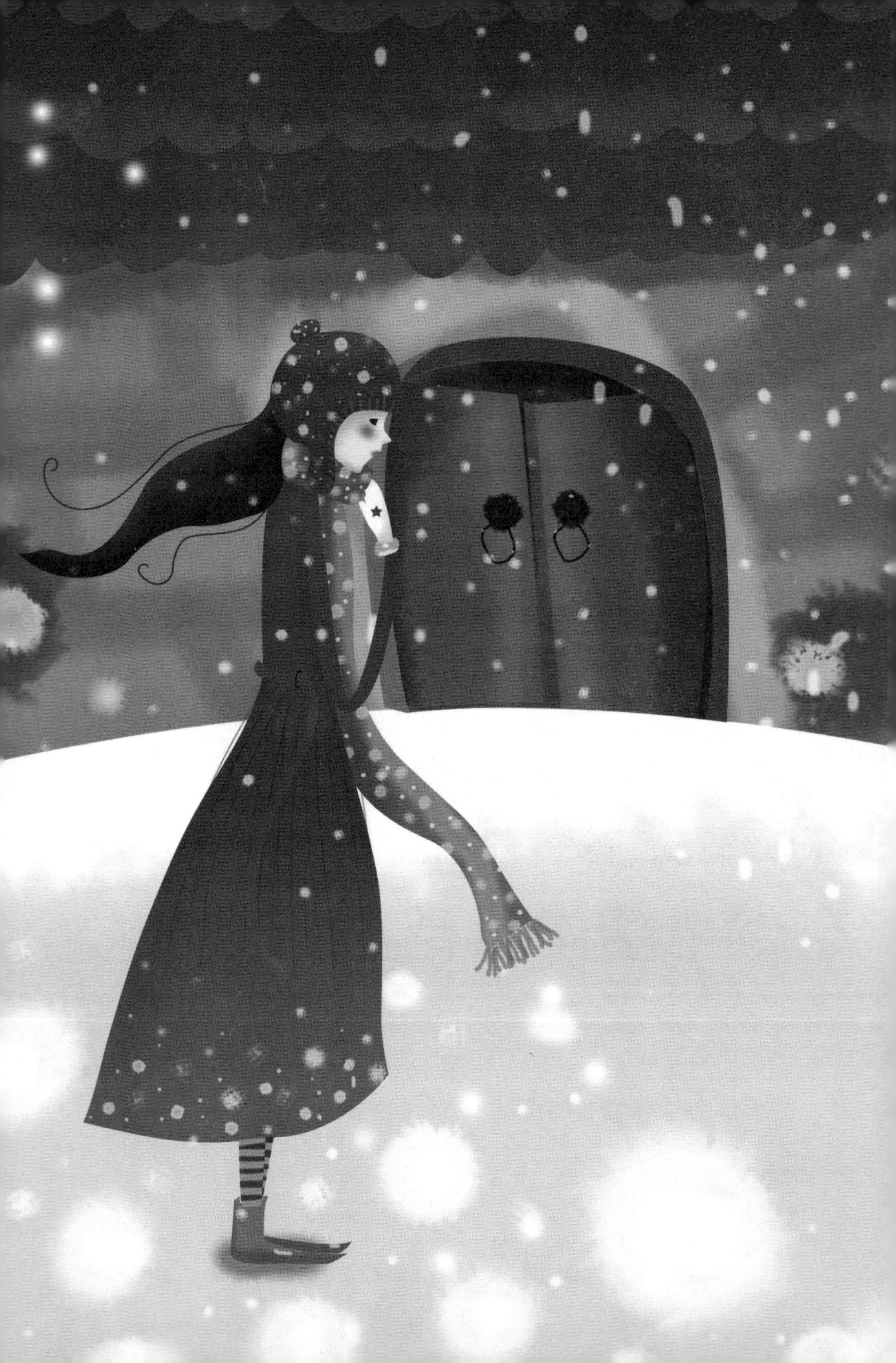

序言/FOREWORD

感恩是一种做人的基本道德准则，是一种为人处世的哲学，也是一种生活中的大智慧。感恩教育的内涵十分丰富，包括：感恩无私的父母，感恩朝夕相处的朋友，感恩诲人不倦的老师，感恩给予自己温暖的亲人，感恩发人深思的生活，感恩激励一生的青春岁月……

这套"感恩阅读书系"是为同学们量身定做的一套课外读物，书中所选故事风格清新隽永、真挚感人，能触动同学们心中最柔软的角落，激发大家的感恩意识。同学们拥有了感恩之心，就会对他人充满爱心，也就拥有了做一个高尚的人的思想基础。此外，这套书还有一个特色，那就是文后附有"写作技巧"，因此，同学们在阅读美文的同时，还能从文后的"写作技巧"受到点拨，提高自己的作文水平。

愿这套书能将感恩的种子播种在同学们的心田，开出爱的花朵。

语文特级教师　洪艳

目录 / CONTENTS

- 002 / 艾拉的三位老师
- 005 / 爱心花篮
- 009 / 奥利尔先生
- 012 / 白卷
- 015 / "差生"的哭声
- 017 / 德优老师，你在哪里
- 020 / 地震给学生上的课
- 023 / 粉红色的信笺
- 026 / 给美丽做道加法
- 029 / 华盛顿先生
- 032 / 换只手举高你的自信
- 035 / 杰恩教授的教导
- 038 / 举起的右手
- 041 / 可怕的期末作文
- 044 / 困苦时听到这句话
- 047 / 老师

老师的旧书 / 050
老师的眼泪 / 053
老师的腰围 / 056
老师领进门 / 059
理想是翅膀下的风 / 062
练钢琴 / 065
罗尼的书 / 068
马里恩老师 / 071
那一课叫敬业 / 074
难忘的一句话 / 077
能给予就不贫穷 / 080
爬行上班的小学校长 / 083
七班 / 085
奇特的礼物 / 089
请假条 / 091
人生的一大秘密 / 094
生命的激励 / 097
师者老马 / 100

- 103 / 师作舟楫徒行船
- 106 / 特殊的"体罚"
- 109 / 天使的翅膀
- 112 / 我的老师
- 115 / 我交给你一个孩子
- 118 / 我最好的老师
- 121 / 下一次就是你
- 124 / 写给家长的信
- 128 / 学生得救，女儿永失
- 131 / 严师
- 134 / 一个人的家长会
- 137 / 一个山村教师的欠债
- 140 / 一双张开的"翅膀"
- 143 / 医治心灵的良方
- 146 / 最美的眼神

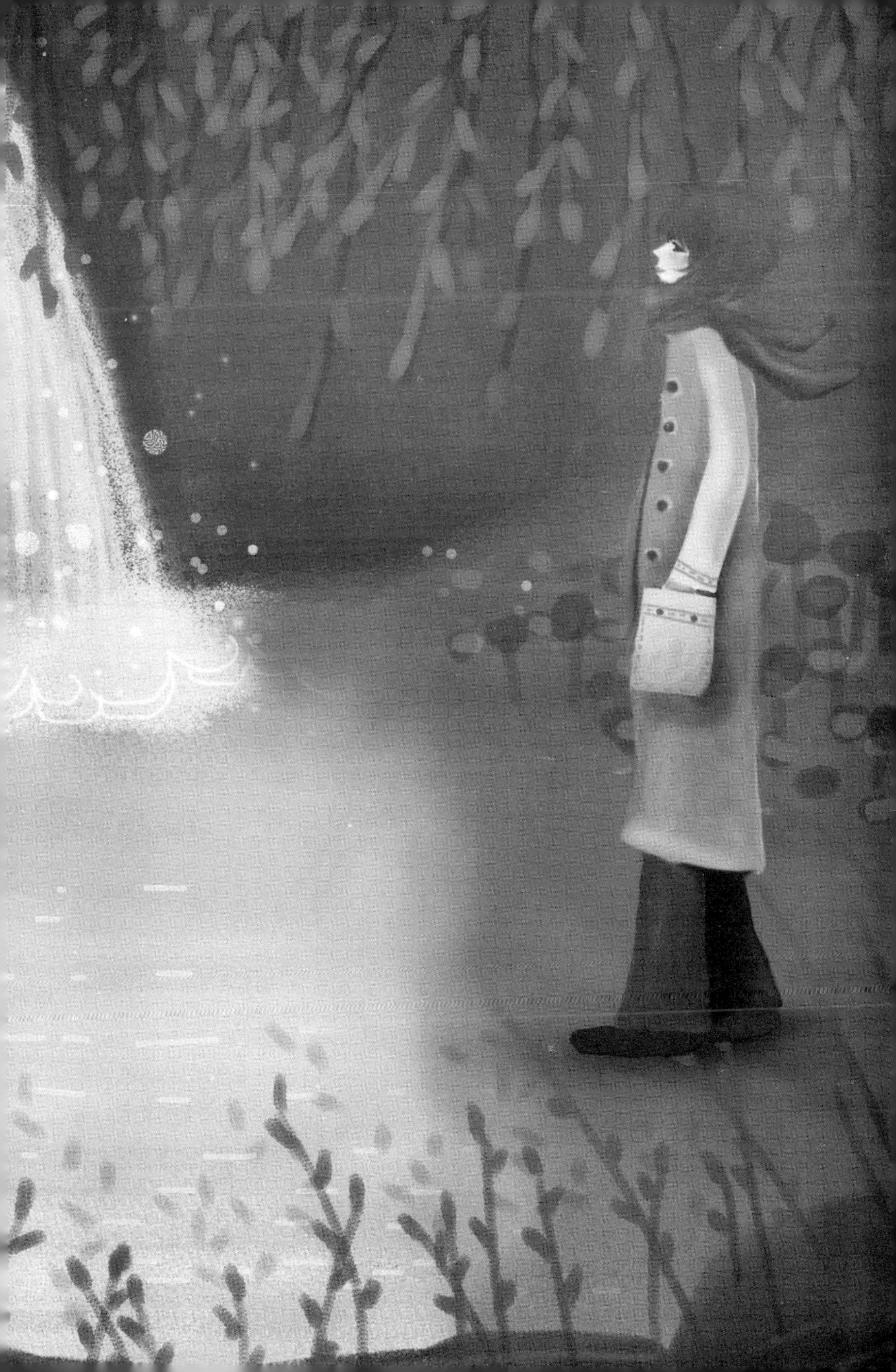

艾拉的三位老师

文/佚名

不管是严厉的老师，还是慈爱的老师，都曾陪伴着我们成长，他们的恩情让我们永记心间。

艾拉是美国的一位著名女作家。在她的一生中，有三位老师令她念念不忘。

第一位老师是梅尼斯小姐。梅尼斯小姐总是凶巴巴的，肩上搭着一根皮带，如果谁做错了题目或念错了字，她就会用皮带抽谁的屁股或手心。艾拉是一个左撇子，但是梅尼斯小姐强迫她用右手写字。可怜的艾拉每天都战战兢兢，因为她用右手写不好字就会遭到梅尼斯小姐的鞭打，而如果偷偷用左手写字被发现了也会遭到鞭打。

一次考试，艾拉的题目都答对了，但由于字写得不清楚，梅尼斯小姐就在她的试卷上打了一个占据了整整一页试卷的叉。艾拉将试卷揉成一团，扔进垃圾桶。梅尼斯大怒，喝令艾拉伸出手，然后用皮带在上面猛抽，艾拉疼得哇哇大哭。

艾拉升入四年级，老师是金德妮小姐。有一天课间她把艾拉叫到面前。金德妮小姐要艾拉用右手写几个字，再用左手写几个字。写完字，艾拉抬起头，看到金德妮小姐面带微笑。

金德妮小姐布置了写字练习让她带回家去做，同时还写了一张纸条装在一个信封里，要她交给家长。艾拉的父亲拆开信封看了纸条后，按照金德妮小姐的要求，允许艾拉用左手写字，不时还会辅导她，在她写得好的时候给予表扬。艾拉感到很自豪，她可以自由地用左手写字了。

从此，写字对艾拉来说不再是一件痛苦的事情，她的学习成绩也有了显著提高。

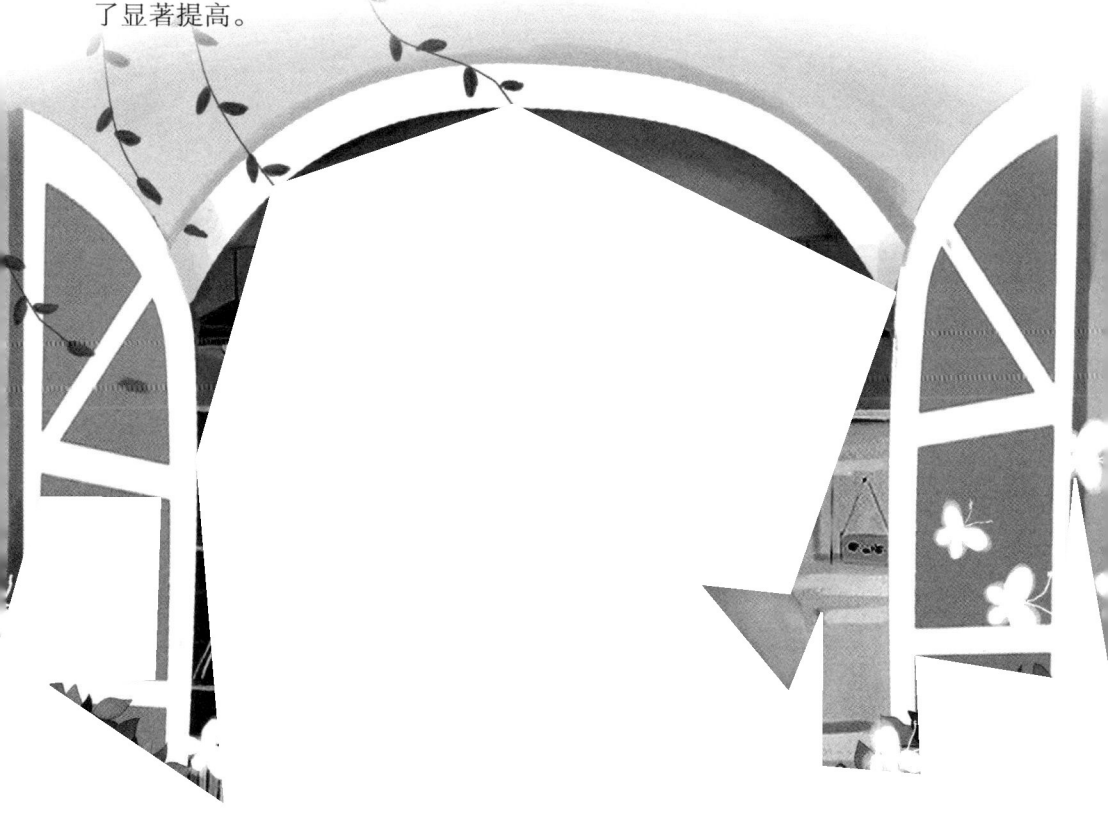

上六年级的时候,艾拉和爷爷奶奶住在一起。爷爷没有什么文化,但是却成了她这辈子难以忘记的第三位老师。

爷爷常让艾拉帮忙写信给他的老朋友们,这让艾拉感觉很好。后来,爷爷的信不但有给老朋友的,还有给从前的老邻居的,而这些老邻居和他一样也是斗大的字识不了几个的人。爷爷虽然没有文化,但是他知道怎么能够让艾拉有自豪感,对读书识字感兴趣。

艾拉上中学的时候,老师总喜欢叫她到黑板前板书。同学们吃惊地看到她左手握着粉笔在黑板上舞动,灵巧而自如,都非常佩服。中学毕业后,艾拉上了大学,获得了奖学金,在校期间取得了三个学位。

写作技巧 / Writing Skill

开门见山,直奔主题:文章开篇指出有三位老师令艾拉念念不忘,紧接着,作者以时间为序,记叙了对艾拉产生重大影响的三位老师,文章脉络清晰,结构紧凑。

爱的箴言 / Loving Speaking

好的老师,不仅教给学生知识及学习方法,同时在施教的过程中将理解与爱心一并施与。他们无言的关爱像暖流汩汩流过,温暖了学生的心,让学生心怀感激,铭记一生。

爱心花篮

文/佚名

春天到了,花儿开了,绝望的孩子复活了。
爱能装满空洞的心灵,爱能让奇迹发生。

"有一个新学生在你的教室里等着呢,"我上楼梯时,校长对我说,"她叫玛丽。我得跟你说说她的情况。稍后,请你到我的办公室来一下。"

我来到教室,看到她坐在教室后面的座位上,头低垂着,长长的头发向前滑落,轻柔地触碰着她那细嫩的、隐藏在头发阴影里的面颊。

"欢迎你,玛丽!"我说,"很高兴你加入到我们班。今天早晨,你可以制作一个大信封,用来装你将在班里情人节聚会上收到的礼物。"

没有响应。我以为她没听见,就把说过的话又说了一遍。她抬起头,看着我的眼睛。那双空洞的、孤独的眼睛,使我脸上的微笑凝固了。

上课的铃声响了。我向全班同学介绍玛丽，但她没有做出任何回应，孩子们似乎感到无趣和困惑。为了转移他们的注意力，我把用来制作信封的材料分发给学生们，并且教给他们制作和修饰信封的方法。我也把材料放在了玛丽的课桌上，请与她坐得最近的克里斯汀帮助她。

随后，我来到校长办公室。校长说："几星期前的一天，有人当着玛丽的面，开枪打死了她的母亲。从那以后，她就再也没有哭过，也没有再提到过她的母亲。她现在和唯一的亲戚——姨妈一起住。姨妈自己还有三个孩子要抚养，玛丽的出现只不过给她增加了一份负担罢了。"

"可是，我能做些什么呢？"我结结巴巴地说，担心自己不能胜任。

"给她爱，"她建议道，"很多很多的爱。只要你不丧失希望，你的信念将会使她重新成为一个正常的小女孩。"

我回到教室，发现孩子们都在避开这个"异样"的孩子。我请人暂时把玛丽从教室里带走一小会儿。"玛丽曾经受到过很深的伤害，"我向孩子们解释道，"她的母亲刚刚去世，这个世界上再没有别人来爱她。也许要经过很长一段时间，她才能够重现笑容并且加入到你们中间来——但是，你们可以做许多事情来帮助她。"

孩子们马上变得富有爱心。在情人节那一天，玛丽的信封被同学们的礼物塞得鼓鼓的。她看了每一张卡片，但没发表任何评论。

玛丽来到学校的时候，身上穿的衣服很单薄。她那双由于没有戴手套而被冻伤的双手流出了殷红的鲜血。我在她外衣上缝上了纽扣，孩子们则带来了帽子、围巾、羊毛衫和手套。

寒冷的三月走远了，尽管我们付出了种种努力，我们好像还是没有能够接近玛丽。我的心因深深的绝望而疼痛。我想要这个孩子复活，想要她意识到美丽、惊奇和乐趣。

在三月底的一天，校园里出现了一只知更鸟。"春天到了！"孩子们叫道，"让我们用花朵来装饰教室吧！"

为什么不呢？我教孩子们应该如何编织花篮，以及如何制作美丽的花朵。然后，我就让孩子们自己去编织，去创造。

突然，克里斯汀急急忙忙地跑来。"过来看玛丽的篮子，"她大声说，"它是那么的美丽！"

看到那个小小的花篮，我惊讶得屏住了呼吸。那轻轻地卷曲着花瓣的风信子、含苞待放的水仙花、设计精巧的番红花和精致优雅的紫罗兰——

其制作之精巧，使人不敢相信它居然出自一个这么小的孩子之手。

她闪动着一双亮晶晶的眸子看着我，那是任何一个正常的小女孩都会有的一双眼睛。"我的母亲喜欢花，"她说，"这些花在我们家的花园里都能够找得到。"

我伸出胳膊搂住玛丽，眼泪涌出来。玛丽趴在我的肩头伤心地哭泣起来。其他孩子也都跟着哭了，他们的眼泪和我的一样，是喜悦的泪水。

我们把玛丽制作的花篮放在教室前面的花圃中央。暑假的前一天，玛丽把她花篮里的番红花拿出来，递给了我。"这是给你的！"接着，她给了我一个热情的拥抱和一个甜蜜的吻。

写作技巧 / Writing Skill

细节描写，刻画人物：文章对玛丽进行的肖像描写、语言描写和动作描写，将一个刚刚丧母后绝望的小女孩、感受到爱之后重新充满生命活力的小女孩刻画得栩栩如生。

爱的箴言 / Loving Speaking

爱是最好的老师。老师用爱心启发了孩子们的爱心，他们共同用爱治疗了一个小女孩心灵的创伤，织就了人世间最美丽的爱心花篮。亲爱的老师，不仅是人类灵魂的工程师，更是爱心的撒播者，值得我们一生去感恩。

奥利尔先生

文/彼得·斯拜克 [美]

在校园里,因严厉而让人恐惧的人竟然有如此温和的一面,如果不是亲身经历,或许没有人相信。

14岁那年,我被送往位于康涅狄格州的切希尔学院读书。那是一所专门为家庭有问题的男孩子设立的寄宿学校。我来这里是因为我酗酒的母亲,她的这一恶习拆散了我们的家庭。父亲把我送进这所寄宿学校就读,以远离母亲。

在新生入学典礼上,最后一位讲话的是纪律检查总长——弗雷德·奥利尔。当他对着话筒讲话时,在场的每一个人都静了下来。奥利尔先生讲话的主要内容是:"不许走出校园,不许吸烟,不许酗酒,不许同镇上的女孩子接触。如果有人触犯了这些规定,将会受到严厉惩

感恩老师
Thanks for our teachers

罚。"最后，他又以一种缓慢而温和的语调说："今后如果你们遇到了什么困难，尽管来找我，我办公室的门随时都向你们敞开。"

随着时光的流逝，我母亲酗酒更厉害了，她用含糊不清的语句请求我退学回家。我爱她，对我来说，拒绝她很痛苦。她的每一个电话都搅得我心绪不安。终于有一天，我决定去见奥利尔先生。

无论何时，奥利尔先生办公室的门外总会有一排人，犯了各种事儿的男孩在那里等着受罚。轮到我时，门打开了，奥利尔先生出现在门口。

"你来这儿干什么？"他不分青红皂白地吼道。"在开学典礼上您说过，如果有人有困难，您的门是敞开着的。"我结结巴巴地说。"进来吧。"他说，向我指了指一把椅子，然后他走到桌子后面，注视着我。

我流着泪开始讲述。"我的母亲是一个嗜酒者，她喝醉了就给我打电话，她想让我退学回家。我不知道该怎么办，我感到很害怕。"

奥利尔先生来到我的身旁，用他那宽大的手掌轻轻地抚摸着我的肩

膀。我听到这个严厉的人温和地讲:"孩子,我理解你现在的感受。我曾经也是个嗜酒者,我愿意去帮助你和你的母亲,我会让戒酒协会的朋友今天就同她取得联系。"

刹那间,我感觉自己仿佛遇上了上帝,第一次觉得真诚、希望和爱变得真实起来。从那以后,我每周都要去他那里报到一次。午餐时,每当我从他的桌旁经过,他总是朝我快速地瞟一眼并友好地眨几下眼睛。

谁能想到,校园里最令人恐惧的人成了我秘密的朋友,并且如此温和地、细心地关怀我、照顾我?每当我需要帮助的时候,我就去找他,而他总会在那里。

写作技巧 / Writing Skill

巧用衬托,塑造人物形象:奥利尔先生起初让"我"很惧怕,与他接触后,"我"才知道他有柔情的一面。文章用奥利尔先生的严厉来衬托他的温和、慈爱,将这个严师的一人两面刻画得细致、生动。

爱的箴言 / Loving Speaking

不要以为严厉的老师是冷漠无情的,其实,在他们严厉的外表下,往往是一颗关爱学生的心。老师的严厉规范着我们的行为,让我们少走弯路;老师的关爱如同春风化雨,滋润着我们的心田。严厉与关爱同行,伴我们健康成长。

白 卷

文/沃莱恩·斯君伯格 [美]

许多年过去，老师教授的知识或许早已被忘记，但是他们所讲述的那些人生道理，将永远启发着我们。

这是大学期末考试的最后一天。在一幢楼的台阶上，一群工程学系高年级的学生挤做一团，正在讨论几分钟后就要开始的考试。他们的脸上充满了自信。这是他们参加毕业典礼之前的最后一次测验了。

一些人谈论他们现在已经找到的工作，另一些人则谈论他们将会得到的工作。带着经过四年的大学学习所获得的自信，他们感觉自己已经准备好，甚至能够征服整个世界。

这场即将到来的测验将会很快结束。教授说过，他们可以带任何想带的书或笔记，要求只有一个，就是他们不能在测验的时候交谈。

他们兴高采烈地冲进教室。教授把试卷分发下去。当学生们注意到只有五道评论类型的考题时,脸上的笑容更灿烂了。

三个小时过去了。教授开始收试卷。学生看起来不再自信了。他们的脸上是一种恐惧。

教授俯视着他面前的这些焦急的面孔,然后问:"完成五道题的有多少人?"

没有一只手举起来。

"完成四道题的有多少?"

仍然没有人举手。

"三道题?两道题?"

学生不安地在座位上扭来扭去。

"那么一道题呢?肯定有人完成一道题的。"

整个教室仍然沉静。教授放下了试卷。"这正是我所期望得到的结果。"他说。

"我只想要给你们留下一个深刻的印象，即使你们已经完成了四年的工程学习，但关于这个学科仍然有很多东西是你们还不知道的。这些你们不能回答的问题，是与每天的日常生活实践相联系的。"然后他微笑着补充道："你们都将通过这次测验，但是记住——即使你们现在大学毕业了，你们的教育也还只是刚刚开始。"

随着时间的流逝，教授的名字已经被遗忘，但是他的这堂课却没有一个学生遗忘。

写作技巧 / Writing Skill

巧用象征，一语双关：作者讲述了一次独特的考试，结果人人都交了白卷。这份"白卷"不仅仅指空白试卷，也象征着大学生们在步入工作岗位前需调整的状态——一切从零开始学习。

爱的箴言 / Loving Speaking

教授以一个别出心裁的测验让学生明白了学无止境这一道理，其良苦用心可见一斑。老师，不仅是知识的传授者，更是学生成长的领路人，我们在学习的过程中应该体会老师的良苦用心。

"差生"的哭声

文/含烟

老师一句鼓励的话语,一个关爱的眼神,一个欣赏的动作,都能产生意想不到的效果,给学生无穷大的力量。

当教师的时候,我曾教过一名"差生",他念了五年书,但一直坐在二年级的板凳上。这名"差生"很自卑,人却很勤快,每天都争着做好事,比如扫厕所,几乎一个人全包了。可同学们对此却熟视无睹,连老师也提不起表扬他的兴趣。

为了改善课堂上的沉闷气氛,我常常提出点课本之外的知识考学生——"一根竹子和一根稻草,一重一轻放在水里,哪根先沉下?"这是一道脑筋急转弯题,对于小学二年级的学生来说,显然有些难度。学生们顿时像树上的小麻雀叽叽喳喳起来,有的说竹子先沉下,有的说稻草先沉下,更多的则瞪大了眼睛期待地望着我。

坐在后排的"差生"突然站起来:"老师,我知道答案!"话音刚落,全班同学哄堂大笑,"差生"脸红了。在我再三鼓励下,他才怯怯地答道:"稻草和竹子都不会沉。"当我大声宣布"答案完全正确"的那一刻,整个教室寂静无声,学生们你看看我,我看看你,似乎都不相信自己的耳朵。

"差生"坐回了自己的座位,竟然趴在桌子上哭了。人的记忆就是这么奇怪,而今我已经离开教学岗位多年,过去这段岁月中留给我的最深印象,却是这个"差生"的嘤嘤哭声。

写作技巧 / Writing Skill

欲抑先扬的写法使文章一波三折:文章开篇写"差生"受到的不公平待遇。在做完这样的铺垫后,接着过渡到一个全班同学都无法回答的问题只有"差生"一个人会答,这样的情节出人意料,发人深思。

爱的箴言 / Loving Speaking

老师一句肯定的话语让一个"差生"嘤嘤而哭,多年的委屈在这一刻完全释放。其实,每个人都渴望得到老师的肯定与鼓励,那些赞赏的话语,会让人精神愉悦,能成为一个人前进的动力。

德优老师,你在哪里

文/黛安娜·L.查普曼 [美]

在你还懵懂无知的时候,
老师的些许指点和鼓励或许会影响你将来走上一条什么样的路。

我们坐在教室里,一边咯咯地笑,一边互相推挤,谈论着当天的最新消息。德优老师清了清喉咙,叫我们安静下来。

"现在,"她微笑着说,"我要求你们找出自己希望从事的职业。"我们彼此互望,我们才十三四岁!这老师真是疯了!

"对,每个人都要设法找出一个职业,而且每个人都要访问一个真正从事那行业的人,做一份口头报告。"

我们每个人都一头雾水,13岁的年龄谁会知道自己想做什么?不过我的范围比较小,我喜欢美术、歌唱和写作,但我的美术一塌糊涂,唱歌时妹妹还会尖叫:"拜托你闭嘴!"因此剩下的就只有写作了。

德优老师每天都会在课堂上监督我们的进度。进展如何?哪些人已经选定了自己将来的职业?我选择的是平面新闻,这表示我得去访问一个如假包换的新闻记者。

在与那名记者相处的90分钟里,他告诉我各种有关抢劫、犯罪、火灾的故事。几天后,我不用草稿,全凭记忆,就上台做了口头报告,我对那些故事实在是太入迷了,结果最后我整个研究计划的成绩是甲等。

多年后,我把德优老师,还有我们选择职业这件事完全抛在脑后。我进了大学,跌跌撞撞四处寻找新职业。父亲希望我从商,但是我对从商实在是一窍不通;后来我想起德优老师,还有自己13岁时想当记者的心愿,于是打电话给父母。我说我想改变自己的主修课程,虽然他们很不高兴,但并未阻止我,只是提醒我新闻界竞争十分激烈。

过去12年来，我担任新闻记者得到的收获十分丰硕，我报道过的事件从谋杀案到坠机都有，最后投注心力在我最擅长的写作。

一天，脑海里风起云涌的记忆突然提醒我，当初若不是德优老师的指点，我永远不会成为新闻记者，也不会成为作家。我现在常想，以前班上那些同学，是不是也从她的教诲中得到一些启发？常常有人问我："你怎么会走上新闻这条路？"我每次都会话说从头："呃，你知道，就是有个老师……"

我相信每个人如果回顾自己的学校生涯，一定都可以在逐渐淡去的记忆里找到自己的德优老师。也许你可以把握住机会，向她道谢。

写作技巧 / Writing Skill

以时间为线索，思路清晰：本文是一篇记叙文，记叙了"我"少年时期的一位老师对"我"职业选择的影响。"几天后"、"多年后"、"过去12年来"、"一天"，这些时间短语将全文串联起来，脉络十分明晰。

爱的箴言 / Loving Speaking

豆蔻年华的我们，对于未来充满着憧憬，但也带有些许茫然，这时亟须有人为我们指点迷津，朝夕相处的老师便充当了这个角色。他们为我们启开梦想的大门，为我们的追逐助力。

地震给学生上的课

文/霍忠义

那一课,我们学到了大学四年乃至一生都不易学到的东西;
那一课,我们明白了什么叫"学高为师,身正为范"。

1997年12月5日9时45分,陕西泾阳发生4.8级有感地震,西安市在同一瞬间震颤。

某大学校园四楼的两个教室。

教室一:一个白发的老教授正在给学生讲课。大楼摇了一下,所有的学生连同教授的身体摇了一下。这些生于70年代末80年代初的学生对地震没有一点点感性认识,他们都以为那是爆破引发的颤动。

教授的心一惊:"可能是地震。"他张口时却说:"请同学们有序离开教室,到教学楼前的空地集合。"

学生似乎明白了一点什么,鱼贯而出。

教室二:一位打扮入时的女教师正在给学生讲《人生哲理》。大楼摇了一下,所有的学生连同老师的身体也摇了一下。女老师大惊,喊了一声:"地震啦!"率先冲向门口。至于她身后的学生如何乱作一团,她不得而知,只感到一股强大的人力推挤着她向下奔……

所有的人都集中到楼前的空地上,学校领导清点人数:只有老教授未下来。领导大惊,赶忙派人回楼上去找。

正在这时,老教授出现在楼口,镇静得好像什么也没发生过,同学们一齐欢呼冲上来围住了他。细心的人发现:他手里还提着一双高跟鞋——那是女教师为便于逃跑踢脱在楼道的。

事后清查得知:老教授和他的学生全部安然无事,而女教师的那个班,有三名女生崴了脚,一名女生跑掉了鞋跟——当然,这里面还没有包

括那双跑丢的鞋子。

地震给学生上了一课，让他们学到了大学四年乃至一生都不易学到的东西：危难彰显人格。

后来据地震局的人讲：这种小地震根本不会造成财产损失及人员伤亡，但它却在许多人的心中掀起波澜——或惊恐，或感叹，只是至今人们不知道老教授当时想什么。

我想，和平岁月有时还需要有点小地震。

写作技巧 / Writing Skill

对比的手法让人物形象更加鲜明：地震发生后，年轻的女教师最先冲出教室；同一层楼上的老教师却临危不乱，最后一个离开教室。对比的手法凸显出老教授先人后己的可贵品质。

爱的箴言 / Loving Speaking

在生命的危急关头，老教授用自己的行为为学生树立起"先人后己"的品德典范，其高尚品行令人肃然起敬。老师的可贵，不仅在于将知识传授给我们，更在于用自己的高尚品德潜移默化地教化我们。

粉红色的信笺

文/丁立梅

每颗年轻的心都充满浪漫与幻想，
它们需要的不仅仅是严厉的教导，还包括宽容和体谅。

忘不了我一伸手，她脸上的惊慌。像只受惊的兔子，两只大眼无处转移了视线，扑楞楞地乱撞着，手攥得紧紧的，一抹潮红，像水滴在宣纸上，迅捷洇满她青春的脸庞。

那是高考前，学生们都低头在自修，每颗脑袋像极饱满的向日葵，沉甸甸地低垂着，是丰收前的一种沉重。我在课桌间来回转着圈，不时解答一两个疑问。在这期间，她一直目不斜视地坐在座位上，快速地写着什么。她面前摊着课本，但我还是在那课本下轻易就发现了一张粉红色的信纸，纸上飘着点点梅花，雪花似的。她的字一个个落到那上面，也如同盛开了的小花。我站在她身后看了好一会儿,确信她写的东西完全与学习无关。所以,在她即将结束的时候,我含笑地向她伸出手去:"给我。"虽是温柔的低声的,但却不容置疑。她愣怔半天,慢慢把手上的东西递过来。

教室里平静如常,没有学生注意到这边的这一幕。我把那张纸小心地折叠好,然后又递给她,我笑说,青春的东西,要收好。她很意外,吃惊地看我。我俯过头去,耳语般地对她说:"老师也曾青春过,这也曾是老师的秘密。"然后我直起身来,轻轻拍拍她的肩,对她微笑。她脸上的表情开始放松了,最后舒展成一个灿烂的笑,像三月的桃花。我对她点点头,我说:"看书吧。"她听话地翻开课本,一脸的释然。

半年后,我收到一封从一所名牌大学寄来的信,是她写的,信纸是我见过的那种,粉红色的,上面飘着点点梅花,雪花似的。她在信中写道:老师,感谢你用最美丽的方式,保留了我青春的完整。当时我以为

我完了，我不敢想那后果，我以为接下来该是全班同学的嘲笑，该是校长找我谈话，该是家长到学校来。真的那样之后，我还能抬起头来吗？我不敢想象还能心态正常地参加高考。最后她写道：老师，谢谢你，给了我一个台阶，一个最堂皇的理由。

青春的岁月里，原是少不了一些台阶的，得用理解、用宽容、用真诚去砌，一级一级，都是成长的阶梯。

写作技巧 / Writing Skill

素描法使文章轻灵感人：文章通篇简单勾勒，勾出一个青春的故事，带有朦胧的色彩，再配上行云流水般优美的文字，使整篇文章看起来好似一幅素描画，又充满青春气息。

爱的箴言 / Loving Speaking

处于青春期的我们往往敏感、好强，老师如果粗暴地管制，往往会让我们更加叛逆。而当老师适时地给我们一个台阶时，我们会在明白老师的苦心后，更加自觉地约束自己的行为。感恩老师的宽容和体谅吧，是他们为我们堆砌了一级级青春的台阶。

给美丽做道加法

文/高汉武

比起板起脸孔的教训,善意的提醒有时更能打动人心;老师一句句充满智慧的话语,为我们指引着人生的方向。

就像平静的湖面落下一枚银币,突然的声响,惹得满教室的花朵晃起来。靠窗那排坐在最后的同学,弄碎了一面小镜子。

这是上午的第二节课,老师的讲述已停下来,同学们正进行课堂练习。初冬的阳光从窗外涌进来,流淌在摊开着的课本上的字里行间。在教室的课桌间来回踱步,看长长短短的七排秀发及秀发下亮晶晶的112粒黑葡萄,捕捉沙沙的写字声合成的音乐,男老师感觉到自己好像一位农民在田间小憩,擦汗的同时聆听着庄稼的拔节之声。

一个小姑娘心爱的小镜子摔坏了。教室里低低地有了议论:"臭美！扮啥酷呀！""上课怎么能照镜子？""活该受批评了。""看老师怎么办？"

老师没有言语，他有意无意地听着同学们的每一句议论。这些女孩子呀，全是十五六岁的年龄，作为旅游职中的新生，脸蛋、身材、口齿当初都曾经过精心挑选，一笑甜爽爽的，开了口也如一巢出窝的小鸟，三五分钟是静不下来的。男老师的心里笑着，他知道她们在讲台下的反应。

其实，开始练习后不久，老师就看见那位同学悄悄摸出了小镜子。他看到她将镜片偷偷压在作业下，写几笔作业就照一照。借着阳光，一只蝴蝶的淡黄色的发夹舞动在她的前额，花季的脸真是漂亮。

男老师想提醒她，但一时没有想好合适的话。现在经同学一催化，他忽然有了一种灵感。他微笑着先开口问了一个物理问题。

"请说说平面镜的作用。"

"有反射作用。"这很简单，全班56个同学几乎异口同声地回答。

"是啊。"老师说，"同学们，几分钟前，我们教室里56位同学变

成了57朵花,有一个同学借镜子反射出一朵。但是,镜中的花是虚的,镜片只能反射美丽,并不能增加美丽。

"要增加美丽,或者让美丽面对岁月雨雪风霜的一笔笔减数还是保持总数不变,我们唯一的办法是从另一方面给它再一笔笔添上加数。这加数是指,我们一次次做进步的努力,一次次为自己的目标不轻言放弃,或者,一次次向我们的周围伸出自己的援手……而此刻,对坐在教室里的你来说,帮助你增加美丽的是你桌上的书本。"

再也没有任何声音,一池吹皱的春水再度平静。

当天晚自习时,照镜的小女孩在日记中写下了这么一句话——给美丽做道加法。

写作技巧 / Writing Skill

运用比喻,增强语言形象性:文章多处使用了比喻,如,将教室里的女学生比喻成花朵,将女学生的眼睛比喻成亮晶晶的黑葡萄,将学生的学习、成长比喻成庄稼拔节……比喻手法的运用将事物描绘得形象、具体,使语言显得细腻、生动。

爱的箴言 / Loving Speaking

只有不断地充实自己,完善自己,才是给美丽做加法。真正的美源自心灵之光的折射,那是智慧和美德的光芒。男老师通过一面小镜子,揭示了怎样才能给自己的美丽加分的道理,同时巧妙地维护了女学生的尊严,智慧与宽容之光在他的身上闪耀。

华盛顿先生

文/莱斯·布朗 [美]

他对一位"笨学生"说"不要灰心,不要丧气",
这鼓励好比是一盏明灯,为学生照亮了前方的路,让他走得更远。

第一次见到华盛顿先生的时候,我还是学校特殊教育班低年级的一名学生。那天,为了等待我的一位高年级朋友,我来到他们的教室。就在我刚迈进教室时,他们班的老师突然出现在我面前。他就是华盛顿先生。

他要求我在黑板上解答一些问题。我说我不能,因为我是特殊教育班的弱智学生。听我这么一说,华盛顿先生严肃的表情马上变得慈祥起来。他说:"孩子,以后千万不要再这样说了,别人对你的看法不一定就能代表你的真实情况。"

此后不久,我去听华盛顿先生给一些即将毕业的学生做演讲。只

感恩老师
Thanks for our teachers

听他热情洋溢地说："同学们，你们资质聪颖，风华正茂，如果你们能够不断超越自我，并且用你们拥有的卓越才能为我们生活的星球做些什么，那么历史将会因你们而改变，世界也将因你们而改变！"

演讲结束后，我在停车场里追上了他。"华盛顿先生。您还记得我吗？刚才您演讲的时候，我也进去听了。先生，您说他们'资质聪颖'，我也和他们一样吗？"

"噢，当然，你当然和他们一样。"他答道。

"可事实上我考试常常不及格，我比大多数的同学都要迟钝。我也不像我的弟弟、妹妹那样聪明，他们就要到大学去读书了，可我……"

"哦，布朗，你要知道，在我们的一生中，对未来的命运和成就起决定作用的因素有很多很多，年级的高低并不能决定你未来的命运和成就。记住，千万不要灰心，不要泄气！"

"我想给我妈妈买一套房子，您看我能行吗？"

"这怎么不行呢？我相信你一定能够做到。"说完，他轻轻地拍了拍我的头。

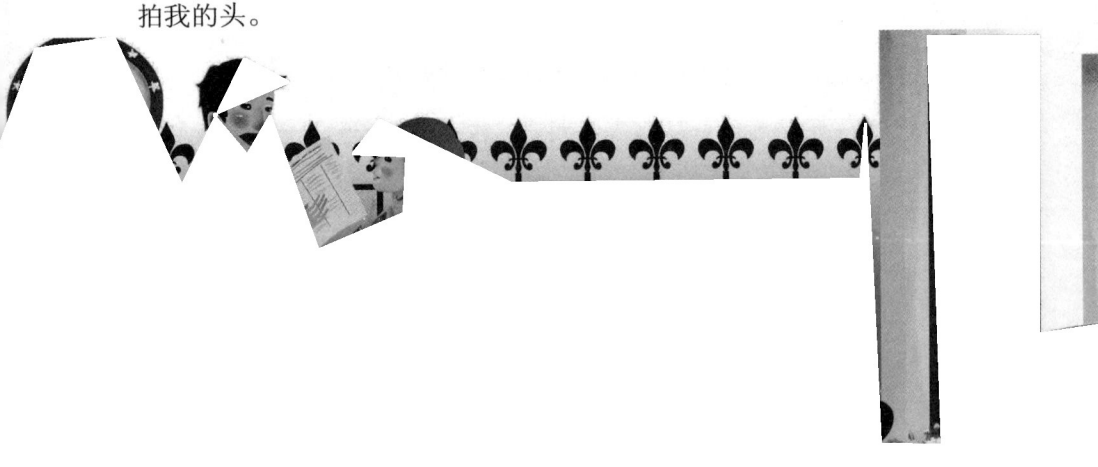

从那以后，我好像变了一个人似的：我对自己充满了信心，对任何事情都勇于去尝试，去奋斗，去拼搏，再也不像从前那样妄自菲薄。

几年以后，当我制作的节目《你应受感恩》在迈阿密教育电视台播出时，我让朋友通知了华盛顿先生。

那天，当他打来电话的时候，我正坐在电话机旁焦急地等待着。

"请问，我能和布朗先生通话吗？"

"您是谁？"我问道。

"你知道我是谁。"他故意卖了个关子，但我感觉到他正在微笑。

"噢，华盛顿先生，是您吗？"我高兴地叫了起来。

"是的，正是我。"

写作技巧 / Writing Skill

生动的语言描写让人物形象更加鲜活：语言是人物思想、性格、心理活动的表现，读者通过文中人物的语言，能够见其人，知其心。本文通过"我"和华盛顿先生的对话，塑造了一个对学生一视同仁的令人尊敬的老师的形象。

爱的箴言 / Loving Speaking

对于所谓的"笨学生"，有的老师会对他们漠然视之，有时甚至横加指责；有的老师则不然，对他们关爱有加。老师的关爱和鼓励能让一个"笨学生"重新找回自信，获得成功。

换只手举高你的自信

文/马国福

> 一颗循循善诱的慧心，一颗诲人不倦的耐心，给了学生爱的力量，举高了学生的自信。

考上高中后，我从乡下到城里寄宿读书。城里的学生很有钱，成绩也很好，因而我总是很自卑。上课老师提问时，城里的学生都抢着回答，我却从不抬头，也几乎从不举手回答问题。

我的物理基础很差，物理课上老师几乎每堂课都要提问，但很少叫坐在后排的我回答问题。

可有一次，老师问了一道我不懂的问题，同学们争先恐后地举手，我想反正我举手老师也不会提问我，受虚荣心的支配，我也举起了手。结果老师偏偏叫我回答，我起立后哑口无言，当众出丑，同学们哄堂大笑。

放学后，我一个人坐在教室里琢磨那道题，耳朵里始终回响着同学们的哄笑声，不争气的泪水掉了下来。这时物理老师进来了，他深入浅出地给我讲解了那道题，然后和蔼地说："学习时不要不懂装懂。出身农村不是你的过错，这反而是一种资本，你不要自卑。以后我提问时遇到你懂的题你举起左手，不懂的题你举起右手，你懂的题你甚至可以把手举得比别人高一点，我就知道该不该叫你回答。"老师的话使我深受感动。

此后的物理课上我就按老师所说的做了。期中考试结束后，老师对我说："这段时间你举左手的次数为25次，举右手的次数为10次。再加把劲，争取把举右手的次数降到5次。"

细心的老师竟然统计出我举左右手的次数，我暗下决心争取不举右手。从此，遇到难题我宁可不吃饭不睡觉也要把它攻克。

期末考试时我考了全班第一名。老师欣慰地对我说："你终于不举

右手了。"

后来，我终于考上了大学。老师来送我时，只对我说了一句话："别让自卑打倒你的自信，换只手举高你的自信。"

我终于明白了老师的良苦用心：他让我举右手并且少举右手只是为了让我超越自己，换只手举高自己的自信，是让我战胜自己啊！

在人生的道路上，我们免不了遇到对手和困难，如果不能举左手，那我们做的第一件事就是"举起自己的右手"……

写作技巧 / Writing Skill

第一人称叙事，真实可信：文中以第一人称的方式讲述了高中阶段一位物理老师对"我"的帮助，以"我"的口吻叙述了所见、所闻、所感，使读者得到一种真实自然的阅读体验。

爱的箴言 / Loving Speaking

有时学生撒谎，也是出于无奈，也有他的苦衷，聪明细心的老师理解学生的苦衷，并能设身处地地为学生着想，这样的老师会让学生感觉到自己被关怀，从而生出无穷的动力。能遇到这样的老师，是学生的福气。

杰恩教授的教导

文/瓦达·奥尼尔 [美]

鼓励并不适用所有的人，有的时候，
老师给你制造麻烦，让你经受挫折，也是出于爱。

18岁那年，我带着仅有的50美元踏上了漫漫求学路。因为父母没有能力支付学费，所以我入学不久就找了一份服务员的工作，边打工边读书。

我所选的课程中有一门是世界文学，代课老师是西尔斯·杰恩教授，我非常喜欢他的课，简直到了入迷的程度。很快，我们就迎来了第一次考试。考试结束后，我感觉非常好，确信自己一定能考到一个好成绩。然而，当我拿到试卷时，我一下子惊呆了，只见在试卷的上方，赫然写着一个"C$^+$"！

我不相信这个成绩，于是，我来到了杰恩教授的办公室。我带着不满的情绪,把我的意见全都倾吐了出来。可是,杰恩教授却一直面色平静地倾听着,最后笑眯眯地问我:"你真的全力以赴了吗?"

我无言以对。我一直认为学习就是一件轻松的事情,因此把自己的精力用在了擦地板之类的事情上,却从不曾用它来提高自己的成绩。

从那以后,我学习更加认真了,可以说是一丝不苟。但是,我的努力换来的却又是两个"C$^+$"。我来到杰恩教授的办公室,质疑他的评分标准,而杰恩教授仍旧平心静气地听着我抱怨。

期末考试那天,我决定给他开一个玩笑。我别出心裁,把所有作家的观点写成了一个辩论报告。我的思路像行云流水一般顺畅通达,语句像在脑海里排列好一样在纸上汩汩流出……

一个星期之后,我从一摞考卷中找到了我的试卷。在那蓝色的封面上,出现的却是一个大大的"A"!哦,上帝啊,这怎么可能?!我立刻向杰恩教授的办公室跑去。他看起来好像正等着我。我质问他:"为什么以前我努力学习的时候,每次只能得"C$^+$",而现在我只是信手拈

来，却得了'A'？"

"因为我非常了解你的个性，如果我第一次就给了你'A'，你以后就不会像以前那样继续努力了。"他的话让我哑口无言。的确，我是个容易自满的人。

学期结束，杰恩教授给我这门课程的平均分数是"A⁺"，而且是全班学生中唯一的一个！我如愿以偿地获得了奖学金。

如今，那些曾经被洗盘子、擦地板等单调辛苦的工作所埋没的创造性火花，又开始在我的生命中焕发出耀眼的光芒了。我永远都会牢记杰恩教授的谆谆教导：认识自己的潜力，发掘自己的潜力，并且要时刻鞭策自己，无论何时，你都必须要求自己成为最优秀的和第一流的！

写作技巧 / Writing Skill

剪裁得当，详略有致：文章提到我和杰恩教授的交锋有四次，对于第一次和第四次，文章浓墨重彩，而对于第二次和第三次，作者一笔带过。精心的剪裁使得文章内容集中，重点突出。

爱的箴言 / Loving Speaking

有的学生容易自满，有的学生容易自卑，聪明的老师从学生的性格出发，因材施教，在他们自满时泼上一盆冷水，在他们自卑时送上鼓励。但是不管方式如何，行动中都饱含着老师对学生的期望。

举起的右手

文/洛瑞·摩尔 [美]

一个人要想战胜自己,有时候非常难,
而老师的一两句点拨往往会令我们豁然开朗。

收到鲍勃照片的时候,我很难把相片上这个搂着州年度最佳射手奖杯、一脸阳光的年轻人,同12年前那个瘦弱畏缩的男孩子联系起来。但是,他高高举起的右手是划破我记忆的闪电,那是一个孩子对生命的坚强诠释。

12年前,我受蒙特利尔学校邀请,担任该校足球队春季集训的教练。第一次和队员们见面是在一个阳光明媚的下午,十多个男孩穿着整洁的球服坐在草地上听我讲话。从孩子们清澈的眼睛里可以看出,他们是崇拜我的。训话结束后,我对孩子们说:"现在轮到我认识你们了。

大家站成一排,在我和你们握手的时候告诉我你们的名字。"

我从一个个孩子面前走过,夸奖着那些自信地喊出自己名字的孩子,最后走到队尾那个瘦小的男孩面前。他很紧张地看着我,小声说:"我叫鲍勃。"然后,他缓缓地把左手伸到我面前。

"哦,这可不行,"我说,"你应该知道用哪只手握手吧?而且你的声音还可以再大一点。怎么样,小家伙,我们再来一次?"

鲍勃低下头一声不吭地站在那里。这时,他身旁的狄恩说:"教练,鲍勃的右手生来只有两根手指。"鲍勃猛地抬起眼睛看着我:"我能踢得很好的。做候补我也愿意。"

我平静地把右手伸到鲍勃的面前,温和地说:"你愿意跟我握一下手吗?"

鲍勃迟疑地将他残缺不全的手放到我的手心里。我双手握住他微微颤抖的小手:"鲍勃,你记住,没有必要遮掩什么。恰恰相反,你有一

双幸运的手。上帝如此安排，为的是能让你比别人更快地打出"胜利的手势（用手指打出英文单词"victory"的第一个字"v"）"。

鲍勃苍白的脸上渐渐浮起灿烂的笑容。

集训结束的时候有一场和邻校的汇报比赛。最后一次训练结束后，孩子们举着手争先恐后拥到我面前，希望自己能首发出场。鲍勃的左手几乎举到了我眼前，我装做没有看见。剩下最后一个名额时，我沉默地看着鲍勃。鲍勃涨红的脸上突然有了凝重的神情，他坚定地举起右手，微微张开两指："教练，请给我一次机会。"

我记得那回鲍勃进了两个球。

伤痕往往是上帝的亲吻，如果你能够正视。

写作技巧 / Writing Skill

倒叙的手法使结构生变：文章开头讲到了一张照片，在引起读者的阅读兴趣后，作者才将12年前发生的事娓娓道来，这样的开头避免了平铺直叙，显得颇有新意。

爱的箴言 / Loving Speaking

从始至终，教练没有说一句鼓励的话，而是用"逼迫"的方式让孩子学会正视伤残，坚强地生活。老师的关怀像阳光一样驱散了学生心中的阴霾，让他们学会正确地面对人生中的风雨，有了老师的关爱做伴，前方的道路虽然崎岖，但已不再害怕。

可怕的期末作文

文/佚名

也许老师的严厉曾令我们战战兢兢,也许老师的苦口婆心曾令我们心生厌烦,但是随着年龄的增长,你会发现这一切都值得我们感恩。

罗曼·德斯尔博士布置的期末论文作业又多又长,当他在班上念出这次论文的要求时,听起来有些可怕。

这时,我想起了另一间教室,那是我高中英语老师艾多·库特夫人任教的班级,还有与这间教室似曾相识的气氛。库特夫人极其严格、细致、整洁,现在我还记得她对我每一个细小的语法错误都仔细地列出并做修改。"将来,你们会发现真实的世界比起我的期末作文来,要求会更加严格。但是不用怕,我要你们做的这些期末作文,会帮助你们为那个苛刻的世界做好准备!"艾多·库特夫人常爱这样说。

感恩老师
Thanks for our teachers

  论文发下来的时候,教室里一片哀鸣。我把眼睛闭上,深呼吸,告诫自己一定要挺住。当我下定决心,猛地一下翻开卷子的时候,一个鲜亮的"A+"跃入眼帘。在分数下面,德斯尔教授写了一句话:"下课后来找我。"

  下课了,我走到讲台边。"我教了多年的大学会计课新生,"他说,"这是写得最好的作业。这说明,在教过你的老师里,必定有一位杰出的英语老师。如果他或是她还健在的话,你应该前去向这样一位老师表达你的感激之情!"

  他的话让我马上就想到了库特夫人。但是库特夫人是那么一个不苟言笑的、严厉的老师,一想到要会见她,我心里首先就胆怯了。

  傍晚,我还是鼓起勇气,来到了库特夫人家中。"整个秋天,我都在生病。"她用微弱的声音说,"我得了肺炎,刚好一点。"

  库特夫人虚弱地倒在沙发上,示意我坐在旁边。我紧张地把那张期末作文拿出来,飞快地塞在她手里。她打开卷子看了一眼,疑惑地望着我。

  "我大学里的会计课教授说,他知道在我以前读书的学校,必定有

一位像您这样的老师教过我,所以——嗯——"我结巴起来,"所以,我只是想来谢谢您,我真的很感激您曾为我做的一切,包括您对我的严格要求。"

库特夫人愣了愣,眼圈一下子红了,然后开始哭泣。"你是这么多年来第一个特地到我家来向我说感谢的人。"她哽咽着说,"孩子,你的来访比我吃过的所有药都管用,愿上帝保佑你。"她站起来,也拉着我站了起来,张开双臂紧紧地搂着我。

"见到您我也很高兴,库特夫人,我想我早就应该来向您道谢的。"我说。

那一刻,我觉得,我们拥有了整个世界。

写作技巧 / Writing Skill

插叙的手法,使结构摇曳多姿:文章以顺叙开篇,以顺叙结尾,中间穿插一部分对高中英语老师库特夫人的插叙,这段插叙是对库特夫人的必要补充,多变的叙述顺序使结构曲折生变。

爱的箴言 / Loving Speaking

"春蚕到死丝方尽,蜡炬成灰泪始干。"老师的付出不求回报,但我们对老师要怀有感恩的心,感谢他们为我们做的一切。抽出几分钟的时间,用一个电话、一封信件,来表达你的感激之情,捎去那些早就应该送达的祝福吧。

困苦时听到这句话

文/凯特琳·卡特利吉 [英]

困苦时听到的那句温言好语，令我们终生难忘。那句体贴的话令我们坚强，伴我们成长。

第二次世界大战期间，在饱经轰炸的曼彻斯特，小孩子都尝尽艰苦。那时候民生拮据，许多家庭经常要上当铺，我家也不例外。虽然我的衣服烫得笔挺，鞋子擦得发亮，衣着却不完全符合学校对学生制服的规定。妈妈极力节省，大部分的校服都给我买了，但仍欠缺蓝色外套。

我就读的女校严格规定每一名学生都必须穿得中规中矩，虽然我多次解释为什么违规，但每天排队时，还是被拉出来，站在台上示众。每天站在同学面前，我都是强忍眼泪，困窘极了。

有一天，我家赢得报纸办的一个比赛，可免费拍一张全家福相片。

由于我一放学就要拍照，妈妈叫我穿上最好的衣服去上学，那是一件镶花边的鲜绿色衣裳。我忐忑不安，拖着沉重的脚步来到学校，在一片蓝色之中，一身翠绿自然成为目标。集会时，我不待叫唤，自行上台，承受其他女生的窃笑和副校长小眼睛的瞪视。

集会后，我们的第一堂课是英国文学。那是我喜欢的科目。老师也是我喜欢的。我欣慰地想，这一堂课我至少可以坐在教室后面，读狄更斯的《双城记》，暂忘烦恼，使心情平复。

不料麦克威老师一上课，就叫我坐在前面第一排。对着她，我又惊又惧，缓缓站起身，忍住眼泪，走到前面。她不会也加入了和我敌对的阵营吧？

我低着头，两眼望着地。我一次又一次被单独针对，很不好受，只是向来都努力隐藏自己的情绪，而这一次，泪水几乎失控。

我在前排坐下，老师侧着头，仔细对我上下打量。她接下来说的话，是我在这个刻薄环境中听到的最可爱的话。

"我认为在这所阴沉的学校里,你最明亮可爱。可惜我能欣赏的时间只限于这一堂课,而不是一整天。"

我稚嫩的心本来冷得像冰块,这时顿告融解。我挺直身子向她报以灿烂的笑容。她那句体贴入微的话,使我感到温暖,让我一整天都飘飘然。

麦克威老师专攻英国文学,但那天却给我甚至全班同学上了仁爱的一课,这一课我至今没忘。她教导我,困苦时听到一句温言好语,会没齿难忘。事实上,她那句体贴的话令我更加坚强。这坚强性格从此就没有因任何人或任何事物而削弱。

写作技巧 / Writing Skill

欲扬先抑,使结构多变:文章开篇不久便开始叙述"我"在学校里受到的不公平待遇,基调压抑沉闷;在英语课上,正当"我"以为又要受到伤害时,老师却说了一句温暖"我"心的话,令"我"心情变得灿烂,同时全文基调上扬,达到高潮。

爱的箴言 / Loving Speaking

在我们的求学路上,总会遇到一些可爱可敬的老师,他们用爱心为我们撑起一片蓝天,用智慧来浇灌我们心灵的花园。这样的老师是良师,是益友,他们给予的关爱将温暖我们一生。

老 师

文/莉萨·泰勒 [美]

校园内，教书育人者是我们的老师；
校园外，以德育人者同样是我们的老师。

我终于学会了如何做一个合格的医生。

清晨5点，B先生在病床上静静地睡着。他一头白发，面色憔悴。我看了他的病历才知道，他86岁，因为疲劳过度住进医院。

就要结束第二周14小时的轮班了，我深吸一口气。我有点厌倦了不得不加的夜班，加之许多烦恼的事，我感到疲惫得发冷。我曾经对医务工作的迷恋也顿时远离了我的躯体。

"B先生，抱歉叫醒你。"

他清醒过来，看着我说："谢谢你来看我，护士。能给我倒点水吗？"

我又深吸一口气，尽量使自己平静。我告诫自己，不要神经过敏，这类事发生过无数次。

"实际上，我是个医生，"我纠正他说，"给你水。"

他抿了几口后，我开始问他症状方面的问题，以及他的服药史。

他讲话费力而且缓慢。他讲的服药史更叫我不得要领。我耐着性子，准备检查他的身体。

我提醒他说："我的手很凉。"

"那有什么关系，大夫。"

我把一只凉手放到他胸上。他没有退缩，只轻微哆嗦了一下。我的另一只手紧抓住床栏杆。

B先生的胳膊开始慢慢伸向我。他抓住我另一只手。这个男人，他起初的动作是那么缓慢，随后，他用两手开始快速揉搓我的手。我瞪着眼望着他。

"这样可以使你暖和起来，大夫。我妻子疲劳时，也常感到手冰凉。

我这样常能帮她缓过来。你应该照顾好自己。"

当他搓完这只手后，又抓起了我的另一只手。我感到惊人的舒服。我诧异地看着他。他是个病人，而我是个医生。而且，他还是个男人。孰料，他对一个例行公事的医生却这般关爱。我的慌张逐渐消失，疲劳也随之烟消云散。

他是个病人，从未当过医生。瞬间，我领悟到，他那疗效显著的触摸，才是医生应该具有的基本手法、品德，乃至医术。

走时，我真诚地喊了他一声"老师"。

写作技巧 / Writing Skill

结尾点题，升华主题："我"冷冰冰地对待病人，病人毫不介意，反而揉搓"我"冰凉的双手，帮"我"取暖。病人的关爱之举，温暖了"我"的心。结尾处，通过"我"的感悟，点明了文章的中心，主题得到升华。

爱的箴言 / Loving Speaking

一个病人可以让医生尊称他为"老师"，这是因为他用道德的光辉照亮了她的心，唤醒了人性中美好的东西。其实生活中很多人都是我们的老师，父母、长辈、朋友，甚至是一个陌生人，他们的渊博学识或是可贵品质都曾在我们心中激起涟漪，都曾给我们勇气和力量，他们，都值得我们感恩。

老师的旧书

文/佚名

发黄的旧书里同样有透明的光辉，"极端"的行为下同样有深沉的爱。

每当看到发黄的旧书，都会把我的思绪牵回到中学时代，那段往事曾让我流过泪。

一天下午，我因去新华书店买了一本《海涅诗集》，上课迟到了。那节是语文课，我很害怕敲门，但我还是敲了。出乎意料的是我并没有挨罚，语文老师只默默地注视了我几秒钟，便让我回到了座位上。他讲得非常生动，同学们听得很专注。我由于读《海涅诗集》心切，看时机已到，便迅速地翻开诗集……

"看什么书？让我看看行吗？"不知什么时候，语文老师站在了我身边。"完了!"我心里想。我垂头丧气地把书递上去,等待着他把书毁掉。因为他从来都是把没收的书在同学面前撕得粉碎。

"《海涅诗集》!喜欢吗?"他柔和地问我。"喜欢!"我大胆地回答。"喜欢?喜欢还在课堂上看?对不起,你心疼去吧!"说完,他便把书撕得粉碎,扔进纸篓里。

我顿时流泪了,仇恨的目光透过泪水,狠狠地盯着他的背影。下课时,他走到我身边悄悄地说:"放学和我一起走,我记得咱们是同路。"

放学后,我想逃,可他在校门口等着我呢,我只好规规矩矩地和他一起走。

到了他家,他对女儿说:"去把我那两本书拿来送给这位大哥哥。"我感到非常惊讶,莫非他不批评我了?

不一会儿,他的女儿极不情愿地拿了两本旧书放在桌子上,看看她的父亲,又瞪了我一眼便走开了。

他拿起那本褪了色的书,轻轻地抚了抚,又看了一会儿,然后递给

我："赔你两本旧的吧，也是海涅的，虽然旧了些，但我相信发黄的纸里一样有透明的光辉。"他的表情很严肃。这时我才真正意识到了我上课时的错误，我不想接受，可是他那诚恳而又威严的目光让我不得不接受。

回到家里，我随意翻了一下这两本书，发现其中一本里夹着一张纸条，上面歪歪斜斜地写着："大哥哥，希望你能向你的同学转告，以后不要在课堂上看课外书了。我爸爸每撕学生一本书，都要把自己的藏书还给学生一本。这是我家最后两本藏书了，是爷爷去世时留给我爸爸的，爸爸很喜欢，希望你能珍惜。"

从那以后，同学们再也没有在课堂上看课外书的了。

这件事已经过去很久了，而那本书里面透明的光辉一直照耀着我。

写作技巧 / Writing Skill

妙用回忆导入法开篇：文章从一本旧书入手，使思绪回到从前。如此开篇，切题自然，导入快捷，又能使文章在一开始就形成悬念。

爱的箴言 / Loving Speaking

在那些懵懵无知的岁月，有些"可恶"的老师把我们的玩具、课外书毫不留情地收走，我们愤怒，我们怨恨。时光流转，当回首往事的时候，我们才渐渐明白老师的用心，而当时的情景也已变成馨香一瓣，留在记忆深处。

老师的眼泪

文/杨旭辉

泪光中,我们看到了老师的殷切期盼;
泪光中,我们明白了老师的良苦用心。

上高中的时候,我们班只是个普通班,比起学校里抽出的尖子生组成的六个实验班来说,考上大学的机会不多,因此除几个学习好的同学很努力外,我们大多数人都只是等着毕业混个文凭,然后找个工作。

班主任兼英语老师是个刚从师范学院毕业的学生,他非常敬业,每日催着我们学习学习再学习,作业作业再作业。但是说归说,由于许多人抱着破罐子破摔的想法,我们的成绩仍然上不去,在全校各科考试中屡屡名列倒数前三。

直到高二的一次英语联考,张榜公布的我们班的成绩却破天荒地超

感恩老师
Thanks for our teachers

过几个实验班的学生,这使我们接连兴奋了好几天。

发卷的时候到了,老师平静地把卷子发给我们。我们欣喜地看着自己几乎从没考过的高分,老师说:"请同学们自己计算一下分数。"数着数着,我的得分竟比实际分数高出20分,同学们也纷纷喊了起来,"老师给我们怎么多算了20分?"课堂上乱了起来。

老师把手摆了一下,班上静了下来。他沉重地说:"是的,我给每位同学都多加了20分,这是我为自己的脸面也是为你们的脸面多加的20分。老师拼命地教你们,就是希望你们为老师争口气,让老师不要在别的老师面前始终低着头,也希望你们不要在别的班的同学面前总是低着头。"

老师接着说:"我来自山村,我的父母都去得早,上中学时我曾连红薯、土豆都吃不起;大学放暑假,我每天到建筑工地拉砖,曾因饥饿而晕倒,但我就是凭着一股要强的精神上完师范。生活教会我在任何时候都不

能服输。而你们只不过分在普通班就丧失了信心，我很替你们难过。"

这时候教室里安静极了，我和我的同学们都低下了头。老师继续说："我希望我的学生们也做要强的人，任何时候都不服输。现在还只是高二，离高考还有一年多的时间，努力还来得及。愿你们不靠老师弄虚作假就挣回足够的分数，让老师能把头抬起来，继续要强下去。"

"同学们，拜托了！"说完，老师低下头，竟给我们深深地鞠了一躬。当他抬起头的时候，我们看到他的眼睛含满了泪水。

"老师。"班里的女生们都哭了起来，男生们的眼里也噙满了泪水。

那一节课，我们什么也没有学，但一年后的高考，我们以普通班的身份夺得了全校高考第一名。据校长讲，这在学校的历史上从未有过。

我们每一个学生都记住了老师的眼泪。

写作技巧 / Writing Skill

首尾呼应，画龙点睛：文章以一句话结束全文，自然有力，既点明了主题，又和题目相呼应，形成结构的完整美。

爱的箴言 / Loving Speaking

对于一群失去信心和斗志的学生，老师并没有放弃他们，而是用别有用心的分数和发自肺腑的言辞激起了学生的斗志。"任何时候都不能服输"，这是那位老师对其学生的教导，我们是不是也应该记住这句话呢？

老师的腰围

文/魏振强

童心无邪,爱心无限。一个宽容大度的老师,一群活泼可爱的孩子,一堂精彩的数学课正在这间教室上演。

在一所小学听数学课。女老师四十来岁,胖胖的。讲完厘米、分米和米的概念后,她让学生们测量桌子、铅笔和手臂的长度。两分钟后,被点名的同学报出答案,都得到了表扬,一张张小脸涨得红红的,嘴巴笑成了一朵朵花。那些没被点到名的学生着急了,有的站起来,有的跳着脚,有的甚至爬到凳子上,高举着手,"老师,快叫我快叫我!"

桌子、铅笔和手臂的长度都量过了。老师说,我们再找找别的东西测量一下。老师的话刚说完,我旁边的那个一直没得到机会的瘦个子男孩噌地站起来说:"老师,我想测测你的腰围。"

老师的腰围

  教室里一下静了，同学们都转过头或侧过身看着这个瘦男孩，而后又把目光对着老师。老师低头看了一下自己的腰，然后静静地看着那个学生，笑道："好啊，你来量吧。"

  小男孩拿着尺子，飞快地跑到老师跟前。他用手按住尺子的一端，让尺子在老师的肚皮上翻着跟头，翻了好几趟，他说出了一个答案："87厘米。"

  "不错，他量得很认真，答案也比较接近。但是，其他同学有没有更好的办法，测得更准确一些？"她的话音刚落，一个胖乎乎的女孩站起来说："老师，我有，我用手。"

  小女孩已开始往老师跟前跑了。老师问："你用手怎么量呢？"小女孩说："我一掌是11厘米，我看是几掌就知道了。"老师笑了。小女孩的手在老师的腰上爬，爬了一圈之后，她就报出了答案："89厘米。"

1米 = 10分米 = 100厘米

"有没有更好的办法？"笑容在老师的脸上绽放。教室里静悄悄的。片刻之后，前排的一个小孩站起来说："老师，你把裤腰带解下来，我们一量就知道了。"

我没想到这个小小的孩子会想到这种聪明的办法。老师肯定也没想到，我看到她在大笑，真正的开怀大笑。老师一边笑，一边真的解下了裤腰带。

小同学量出的是90厘米，这当然是最准确的一个答案。老实说，这位老师并不漂亮，但这节课却是我听过的最漂亮的一节课。

写作技巧 / Writing Skill

　　语言简洁而不失生动：作者用简洁流畅的语言勾勒了孩子们采用不同的办法量老师的腰围、老师一直欣然接受等几个片段，对人物的描写虽然只有寥寥几笔，但依然让人感觉到师生们的鲜活可爱。

爱的箴言 / Loving Speaking

　　一句句充满智慧的话像清泉一样滋润了学生的心灵，一个个宽容的举动营造了轻松的课堂氛围，灵性的闪动因此层出不穷。如果说教学是艺术，那么老师则是艺术家，是他们用智慧和爱心为我们铸就了明天的辉煌。

老师领进门

文/刘绍棠

十年树木，百年树人。启蒙之恩，永生难忘。
不管岁月如何变迁，即使两鬓斑白，依然会由衷地呼唤您一声——老师！

1942年新春，我不满六周岁，到邻村小学读书。

这个小学坐落在关帝庙的后殿，只有一个老师，教四个年级，四个年级四个班，四个班只有四十人。

老师姓田，私塾出身，后来到县立简易师范速成班又训三个月，十七岁就开始了小学老师生涯。田老师执教四十年，桃李满天下，弟子不下三千，今年已届古稀，退休归里十年了。

田老师很有口才，文笔也好。开学头一天，我们叩拜大成至圣老师孔夫子的木主之后，便排队进入教室。每个一年级，配备一位三年级的学兄带笔。田老师先给二年级和四年级学生上课，就命令三年级的学兄把着一年级学弟的小手，描红蓦纸。

红蓦纸上，一首小诗：一去二三里，烟村四五家。亭台六七座，八九十枝花。

田老师先把这首诗念一遍，串讲一遍；然后，以这四句诗为起承转合，编出一段故事，娓娓动听地讲起来。

我还记得，故事的大意是：一个小孩儿，牵着妈妈的衣襟儿，去往姥姥家，一口气走出二三里；眼前要路过一个小村子，只有四五户人家，正在做午饭，家家冒炊烟；娘儿俩走累了，看见路边有六七座亭子，就走过去歇脚；亭子外边，花开得茂盛，小孩儿越看越喜欢，伸出指头点数儿，嘴里念叨着："……八枝，九枝，十枝。"她想折下一枝来，戴在耳丫上，把自己打扮得像个迎春小喜神儿；她刚要动手，妈妈喝住她，说："你折一枝，他折一枝，后边歇脚的人就不能看景了。"小孩儿听了妈妈的话，就回了手。后来，这八、九、十枝花，越开越多，数也数不过来，此地就变成一座大花园……

这个故事，有思想，有人物，有形象，有情趣。

我听得入了迷，恍如身临其境，田老师戛然而止，我却仍在发呆；

直到三年级大学兄捅了我一下，我才惊醒。

那时候的语文叫国文，田老师每讲一课，都要编一个引人入胜的故事；一、二、三、四年级的课文，都是如此。我在田老师门下受业四年，听到上千个故事，有如春雨点点入地。从事文学创作，需要发达的形象思维，丰富的想象力，在这方面田老师培育了我，给我开了窍。

我回家乡去，在村边、河畔、堤坡，遇到老人拄杖散步，仍然像四十年前的一年级小学生那样，恭恭敬敬地向他行礼。谈起往事，我深深感念他在我那幼小的心田上，播下文学的种子。老人摇摇头，说："这不过是无心插柳柳成荫。"

十年树木，百年树人。插柳之恩，我怎能忘？

写作技巧 / Writing Skill

　　语言平实，情蕴文中：作者用平实的语言记录了启蒙老师的一节课以及对自己的影响，字里行间饱含着对老师的感激之情，尤其是结尾的抒情之语，更是发自肺腑。

爱的箴言 / Loving Speaking

　　带着对知识的渴望和好奇，年幼无知的我们懵懵懂懂地进了学堂。在那里，我们拼读"aoe"的声音开始响起，歪歪扭扭的字在老师手把手的指导下变得端正、整齐，不仅如此，我们还学会了一些做人的道理。师恩难忘，那个为我们点燃知识之光，给了我们人生第一次启蒙教育的人会让我们永记心怀。

理想是翅膀下的风

文/佚名

因为您的启发和引导，我才敢把梦想重新拾起；
因为您的认可和鼓励，我才有足够的信心和勇气。

20世纪60年代，还在读小学的珍妮有一个梦想，等她长大了，要成为一名飞行员。但是珍妮的妈妈常常责骂珍妮做"白日梦"。是啊，珍妮学习成绩那么差，更何况，飞行员都是男的，哪有女飞行员呢？珍妮渐渐放弃了心中的梦想。

转眼间，珍妮升上了高中，她有一位老师名叫莱斯顿夫人。一天，莱斯顿夫人给全班布置了一个作业：写下10年后的今天你正在做什么。

珍妮心中不由得一颤：十年后，自己做什么呢？飞行员？不可能，母亲已经说过了，那只是自己在做白日梦。那女孩应该做什么？空中小姐？不行，自己又不漂亮。做医生？不行，不行。那自己能胜任什么呢？服务生？嗯！这个倒还可以。

莱斯顿夫人看到众人写完了后，说道："现在你们把作业全部反扣到课桌上，开始想象：如果你们有足够的钱，并且上了最好的学校，还有足够的才能，你将会做什么？现在再把自己的理想写到反面！"

珍妮突然感到热血沸腾，顿时想起了以前自己的梦想。

当同学们再次写完时，莱斯顿夫人又问道："有多少人是在作业的正反两面写下了相同的理想的？"结果没有一个人举手。

莱斯顿夫人接下来说的话改变了许多人的一生，其中也包含珍妮。"我要告诉你们一个小秘密，你们的确有足够的天分和能力，你们可以完成自己想象出的任何事情。但如果你们不为自己的梦想奋斗，没有人会替你们做的。你们可以得到你们所想的，只要你们有足够的信心和决心！"

放学后，珍妮来到办公室，告诉了莱斯顿夫人自己想当飞行员的梦想。莱斯顿夫人站起来，重重地拍着桌子，说道："珍妮，理想就是你

翅膀下面的风，去实现它吧！"

珍妮从学校毕业后，没有考上大学，在找工作的过程中，她面临着怀疑，甚至是拒绝和羞辱，但这些都没有将她打倒。每当失败时，莱斯顿夫人的话又会在她的耳边响起：理想就是你翅膀下面的风，去实现它吧！

终于，珍妮成了一名私人飞机驾驶员，从事航空货运，还做了小时候被母亲认为是白日梦的事情：农药喷洒，高空跳伞，甚至人工降雨。

珍妮明白，自己翅膀下面的风就是莱斯顿夫人的认可和鼓励。这句话的力量，一直支撑着珍妮飞向蓝天。

现在，珍妮会对自己熟悉的人说："我相信你的选择！理想就是你翅膀下面的风，去实现它吧！"

写作技巧 / Writing Skill

巧用反复，突出主题：为了突出某个场景、某句话或某个动作，在文中不止一次再现这一场景、这句话或这个动作，这种手法叫"反复照应式"。"理想就是你翅膀下面的风"这句话在文中反复出现，突出了文章的主旨，令人振奋。

爱的箴言 / Loving Speaking

珍妮是幸运的，因为她遇到了一位帮助她实现梦想的好老师。在追逐梦想的过程中，别人的嘲笑、生活的打击等因素都可能让我们放弃梦想，而老师的鼓励和认可则会成为一股动力，坚定我们的信心，让我们勇往直前。

练钢琴

文/佚名

压力和折磨不总是坏的,有时候它能够促使我们不断地超越自我,激发出自己的无限潜能。

一位音乐系的学生走进练习室。钢琴上摆着一份全新的乐谱。

"超高难度……"她翻动着乐谱,喃喃自语,感觉自己对弹奏钢琴的信心似乎跌到了谷底。

已经三个月了!自从跟了这位新的指导教授之后,她不知道为什么教授要以这种方式整人。

她勉强打起精神,开始用自己的十指奋战,奋战,奋战……琴音盖住了教室外面教授走来的脚步声。

指导教授是位极其有名的钢琴大师。授课第一天,他给自己的新学

感恩老师

生一份乐谱。"试试看吧！"他说。

乐谱的难度颇高，学生弹得生涩僵滞、错误百出。

"还不熟，回去好好练习！"教授在下课时，如此叮嘱学生。

学生练了一个星期，第二周上课时正准备让教授验收，没想到教授又给了她一份难度更高的乐谱，说："试试看吧！"上星期的课教授也没提。学生再次挣扎于更高难度的技巧挑战。

第三周，更难的乐谱又出现了。同样的情形持续着，学生每次在课堂上都被一份新的乐谱所困扰。不管她怎么努力，都赶不上教学的进度。她为此感到不安、沮丧和气馁。

当教授又走进练习室时，学生再也忍不住了，她疑惑地问教授："为什么这三个月来，您要不断地折磨我？"

教授没开口，只是抽出最早的那份乐谱，交给学生。"弹奏吧！"他以坚定的目光望着学生。

不可思议的事情发生了，连学生自己都惊讶万分，她居然可以将这首曲子弹奏得如此美妙，如此精湛！教授又让学生试了第二堂课的乐谱，学生依然有着超高水准的表现……演奏结束后，学生怔怔地望着老师，说不出话来。

"如果，我任由你表现最擅长的部分，可能你还在练习最早的那份乐谱，就不会有现在这样的表现……"钢琴大师缓缓地说。

写作技巧 / Writing Skill

点睛明旨法使文章生动精警：点睛明旨即在关键地方，或一针见血地揭示出事物的本质，或用一两句话点明主旨。本文大都在描写学生力不从心地练钢琴的场景，最后指出教授的用意是为挖掘她的潜力，令人恍然大悟。

爱的箴言 / Loving Speaking

对于老师的严格要求，我们通常的反应是抱怨，可是当我们成年后回过头去看，才会理解老师的苦心，他们之所以这样做，全都是为了让我们用更高的标准要求自己，更快地成长，而他们即使被误解，却也心甘情愿。老师的爱是无私的，愿我们都能理解。

罗尼的书

文/朱迪丝·詹斯 [美]

一个小小的奖励会给一个孩子巨大的鼓舞，产生意想不到的力量，老师的关爱和鼓励是我们前进的动力。

我在读大学之前，曾经当过一年的志愿教师，工作是帮助孩子们提高阅读能力。罗尼就是我在那个时候认识的。

罗尼头发散乱，脸上脏得能揭下一层灰，指甲里塞满黑黑的污垢。他穿着颜色和款式不搭配的破旧衣服，帆布鞋上污渍斑斑。

罗尼与同学们几乎不大交往，因为他讲话口吃，读不好，也写不好。他已经8岁了，但因为留级的缘故仍然在读一年级。

不过我很快就发现，脏兮兮的罗尼有其他孩子所不具备的勤奋精神。每当我走进教室，罗尼的眼睛总追随着我，眼里闪动着"叫我！叫我"的渴望神情。有一次，我对他点了下头，他便飞也似地离开座位，眨眼间就到了我身边，紧挨着我坐下。他紧张而又激动地翻开书，那样子就像是在挖掘一件珍宝。

他的小黑手在每个字母下慢慢移动，奋力地读着每个字母，然后竭力把它们拼成单词。不一会儿，他的额头上就渗出晶莹的小汗珠，脸上露出灿烂的笑容，眼睛里闪烁出骄傲的神情。

一年转眼过去了。学年结束的前几周，我在班上举行了一次颁奖典礼。我为班上每个孩子准备了礼物和成绩单：桑得尔·奥托获得成绩优秀奖、皮格·特勒获得最快阅读奖，朗读声音洪亮的学生也有奖品。我决定以"最佳进步奖"来奖励罗尼，希望他能再取得进步。

我把证书授予罗尼，并奖给他一本儿童图书。他双手接过书，紧紧地抱在胸前，慢慢回到自己的座位上，泪水从他的面颊上滚落下来。那天，罗尼始终没有放下那本书。

几天后我返回学校辞行时，我看见罗尼一个人坐在操场边的长凳

上，专注地读他膝盖上那本翻开的书，嘴唇不停地翕动着。

他的老师对我说："自从他得到这本书以来，他就一直带着它。你恐怕不知道，那是他得到的第一件礼物。"

我轻轻走到罗尼身后，把手放在他的肩上，问他："读给我听听，行吗？"他扬起头，看着我笑了。随后的几分钟，罗尼满怀情感地读着。那本书已经被翻得有点旧了，仿佛它已被翻阅过上千遍了似的。

罗尼读完后，用手摩挲着书的封面，愉快地说："这本书真好。"我们并排坐在长凳上。一丝骄傲的神情闪现在他的脸上，也闪现在我的脸上。我握着罗尼的手，久久地望着他。我想不到，一个小小的奖励竟会给这个有缺陷的孩子这么大的力量。

写作技巧 / Writing Skill

　　细节描写细腻生动，凸显人物性格：罗尼在众人面前读书时的紧张与兴奋，接到礼物时的激动，独自读书时的专注……作者用白描的手法勾勒了一个有缺陷但是勤奋学习的孩子的形象。

爱的箴言 / Loving Speaking

　　平等和关爱是老师送给有缺陷的孩子的最好礼物，一份平等让他们感觉到自己不被孤立，自己被尊重；一份关爱是温暖他们心房的缕缕阳光，抚慰着他们受伤的心。

马里恩老师

文/苏珊娜·查琴 [美]

师者,传道授业解惑者也。
古今中外的老师,均是如此。

数学是令我恐惧的一门课程。第一次踏入大卫·马里恩的高等数学课堂时,我不知等待我的将会是什么。

上午8点整,一位戴眼镜的年轻人迈着轻快的脚步走进教室。"我叫马里恩,重音在后两个音节上。"他笑着说道。马里恩先生刚刚获得了数学博士学位,看起来睿智而自信。

16岁的我并无出众的才华,内心却踌躇满志。我信誓旦旦地宣称,在30岁前,我要成为一名小说家、歌曲作家以及环球旅行家。我上马里恩先生的课是因为学好高等数学是参加全国微积分等级考试的前提条件，要是通过了这个考试，就等于拿到了大学里一年应拿到的数学学分，可以减少很多学费。

马里恩先生在黑板上写了个公式，要求我们证明它成立。我没证明几步，就被难住了。他来到我身边，弯下腰，在纸上写了个方程式。"试试看，"他温和地说。我照着他的话去做，公式果然被证明出来了。"很好。"他说着，眼镜下露出了微笑，仿佛这结果是我自己算出来的。

然而，我显然是班上学得最差的一个。我们第一次大考时，我考了个C。我几乎要哭出来了。他盯着我说："你想在这课上得到些什么？""我不想不及格。"我小声说。"你不会不及格的，"他承诺，"只要你尽你最大的努力。"接下来的几个月，每天放学后他都为我补课。一次，当我无法解答一个问题而厌烦地丢下粉笔时，他说："我明白数学对你来说是件头疼的事，但是与困难作斗争能使我们变得更加坚强。"

两年后的一个星期六，我顺利通过了全国微积分等级考试。二十多岁时，我成了一名杂志撰稿人。而立之年，我突然意识到自己还没有实现曾经有过的梦想，写本小说或是作曲。我无法控制在理想道路上停滞

不前的痛苦感受。很久没有人要求我做得更好了，我渴望着有人能再次这样要求我。于是，我找到了马里恩先生，希望他能够帮助我。他告诉我他在求学时代遭受过的失败与打击，以及他是如何克服的。

"如果你不能克服它，"他说，"那你就得凭你自身所拥有的去开辟出一条新道路。"他补充道："我们每个人都有失败与遗憾。没有人总能做得最好，但如果你尽力了，你的才能得到发挥了，那你就能够克服你的困难或找到一个全新的、可能更好的方向。这就是成功的真正源泉——全身心投入某一事业，并为之奋斗。"

写作技巧 / Writing Skill

一线串珠，线索明确：马里恩老师帮"我"解题、为"我"补课、与"我"谈心，几个片段通过老师对学生的无私帮助这一线索串联起来，条理清晰，形式简洁。

爱的箴言 / Loving Speaking

少年时期，我们难免会因为成长的烦恼或生活中的难题而陷入迷茫、苦闷。这个时候，老师总会用他们丰富的人生阅历为我们指点迷津，为我们指明前方的道路。时光荏苒，烦恼和忧愁早已消失不见，留在心间的唯有老师的睿智话语和亲切脸庞。

那一课叫敬业

文/崔修建

老师是学生的镜子,学生是老师的影子。
十年前的那堂课,学生们学到的不仅仅是知识。

所有的考试都结束了,校园里弥漫着浓浓的离别气息。再过十几天,同学们就要挥手作别,走出大学校园了。

这一天,辅导员通知同学们:教训诂学课的老教授要在周六给选修这门课的同学补一节课,因为他上次生病落下了。

同学们立刻意见纷纷:都什么时候了,大家考试都及格了,谁还有心情去补课?再说了,选修课少上一次课又有什么大不了的……

周六,选修训诂学的三十多个学生,只有三个女生去了教室。其实,她们也并非有意去给老教授捧场的,她们忘了补课的事,原本打算

到安静的教室里聊聊天的。

老教授准时走进教室,看到只有三个女学生,他猛地一愣。俯身问明原因后,他微笑着环视了一下空阔的教室,清清嗓子,响亮地喊了一声"上课"。

像往常面前坐着三十多个学生一样,老教授很自然地讲述着精心准备的教学内容。他讲得非常投入,甚至有些忘情。不一会儿,他额头上开始有汗珠滑落。

三个本来心不在焉的女生,先是惊讶于老教授依然工整的板书、热情的手势和对每一个细节的耐心讲解,继而,被他的那份从容和认真深深感动了,她们不约而同地坐直了身子,认真地聆听起来。

中途老教授看起来有些吃力,三个女同学请求他赶紧回去休息。老教授擦着满脸的汗水连连摇头,说自己还能坚持住。直到下课的铃声响起，他才如释重负地收拾好讲稿，慢慢走出教室。

十年后，那三个在学校表现平平的女生，很快都脱颖而出，在事业上卓有成就，成为那届毕业生中的佼佼者。

同学聚会时，面对大家羡慕和赞叹的目光，她们回忆起在大学讲堂里上的那一堂课。虽然她们已记不清讲课的内容，但老教授在病中的那份从容、那种投入，却深深地印在了她们的脑海里。正是那一堂课，使她们明白了"敬业"的真正含义，影响了她们对事业及人生的态度。

是的，那刻骨铭心的一课就叫——敬业。只是在多年以后，许多同学才在懊悔和遗憾之余，将这堂课补上。

写作技巧 / Writing Skill

深刻的主题是本文的特色所在：文章贵在立意。文章有了深刻的主题，便可让人读之若饮甘泉，从中得到一定的启示。老教授抱病上课，其敬业爱岗的精神不仅让三个女生受用终生，也让读者深受启迪。

爱的箴言 / Loving Speaking

老师是学生的榜样。老师的一言一行、一举一动都被学生所关注，他们的乐观自信、宽容大度、敬业爱岗、善良真诚也在潜移默化中进驻学生心间，影响着他们对待事业及人生的态度。感谢老师吧，为那些谆谆教导，为那些无形的精神财富。

难忘的一句话

文/伯德 [加拿大]

不管是一朵开错时令的小花，还是一棵长歪方向的小草，在一个充满爱心的人的眼里，它们的生命都依然是可爱的。

随着年龄增长，我发觉自己越来越与众不同。我气恼，我愤恨——怎么会一生下来就是兔唇！我一跨进校门，同学们就开始讥讽我。对别人来说，我的模样确实令人厌恶：一个小女孩，有着一副畸形难看的嘴唇，弯曲的鼻子，倾斜的牙齿，说起话来还结巴。

同学们问我："你嘴巴怎么会变得这样？"我撒谎说小时候摔了一跤，被地上的碎玻璃割破了嘴巴。我觉得这样说，比告诉他们我生下来就是兔唇要好受点。我越来越肯定：除了家里人以外，没人会爱我，甚至没人会喜欢我。

感恩老师
Thanks for our teachers

二年级时，我进了伦纳德夫人的班级。伦纳德夫人很胖，很美，温馨可爱。她有着金光闪闪的头发和一双黑黑的、笑眯眯的眼睛。每个孩子都喜欢她、尊敬她。但是，没有一个人比我更爱她。因为这里有个很不一般的缘故——我们低年级同学每年都有"耳语测验"。孩子们依次走到教室的门边，用右手捂着右边耳朵，然后老师在她的讲台上轻轻说一句话，再由那个孩子把话复述出来。可我的左耳先天失聪，几乎听不见任何声音，我不愿意把这事儿说出来，因为同学们会更加嘲笑我的。

不过我有办法对付这种"耳语测验"。早在幼儿园做游戏时，我就发现没人看你是否真正捂住了耳朵，他们只注意你重复的话对不对。所以每次我都假装用手盖紧耳朵。这次，和往常一样，我又是最后一个。每个孩子都兴高采烈，因为他们的"耳语测验"做得很好。我心想：老师会说什么呢？以前，老师们一般总是说"天是蓝色的"，或者"你有

没有一双新鞋"等等。终于轮到我了，我把左耳对着伦纳德老师，同时用右手紧紧捂住了右耳；然后，悄悄把右手抬起一点，这样就足以听清老师的话了。

我等待着……然后，伦纳德老师说了一句话，这一句话仿佛是一束温暖的阳光直射我的心田，这一句话抚慰了我受伤的、幼小的心灵，这一句话改变了我对人生的看法。这位很胖、很美、温馨可爱的老师轻轻说道：

"我希望你是我女儿！"

写作技巧 / Writing Skill

巧用排比，增强文章表达效果："这一句话仿佛是……"、"这一句话抚慰了……"、"这一句话改变了……"，三个排比句写出了那句话对"我"的影响，抒发了"我"对伦纳德老师的感激之情。

爱的箴言 / Loving Speaking

面对一个因身体残疾而自卑的孩子，伦纳德老师用慈母般的爱温暖了她的心，让她重新鼓起面对生活的勇气，这就是爱心的力量。一个充满爱心的老师会得到学生永远的尊敬和爱戴，会让学生感恩一生。

能给予就不贫穷

文/马旭

一双纸做的皮鞋,一颗善良的童心,一个感恩与关爱的故事。有爱的日子里,生活将不再苦涩。

教师节那天,一大群孩子争着给他送来了鲜花、卡片、千纸鹤……一张张小脸洋溢着快乐,仿佛过节的不是老师,倒是他们。

一张用硬纸做成的礼物很特别,硬纸板上画着一双鞋。看得出硬纸板是自己剪的,周边很粗糙;鞋是自己画的,图形很不规则;颜色是自己涂的,花花绿绿。上面歪歪扭扭地写着:"老师,这双皮鞋送给你穿。"署名看得出是一个女孩写的。这个班级他刚接手,对班上的情况还不是很熟,从开学到教师节,也就十天。

他把"鞋"认真地收起来,"礼轻情义重"啊!节日很快就过去了,一天，他在批改作文的时候，明白了这个女同学送他这双"鞋"的理由。

"别人都穿着皮鞋，老师穿的是布鞋，老师肯定很穷，我做了一双很漂亮的鞋子给他，不过那鞋不能穿，是画在纸上的，我希望将来老师能穿上真正的皮鞋。我没有钱，我有钱一定会买一双真皮鞋给老师穿的。"

这是一个不足十岁的小姑娘的心愿，他的心为之一动。但是，她怎么知道穿布鞋就是穷人呢？他想问问她。

这是一个很文静的女孩子，一双眼睛清澈得不含任何杂质。当她站到他面前的时候，他似乎找到了答案。

他看到了她正穿着一双布鞋，鞋的边缘裂开了，这双布鞋显然与他脚上的这双布鞋不一样。

于是有了下面的对话。

爸爸在哪里上班？

爸爸在家，下岗了。

妈妈呢？

不知道……走了。

他再一次看了看她脚上的布鞋，那一双开裂了的布鞋。他从抽屉里

拿出那双"鞋"来。这时他感受出这双鞋的分量。

她问，老师你家里也穷吗？他说，老师家里不穷。你家里也不穷。

同学都说我家里穷。她说。

他说，你家里不穷，你很富有，你知道关心别人，送了那么好的礼物给老师。老师很高兴。

他带着她来到教室。他问大家，老师为什么穿布鞋呢？有的同学说，好看。有的说，透气，因为自己的奶奶也穿布鞋。有的同学说健身，因为自己的爷爷打拳的时候都穿布鞋。很奇怪，没有人说他穷。他说，穿布鞋是一种习惯，透气、舒适、有益健康。

后来这位老师告诉学生们，脚上穿着布鞋心里却装着别人，是最让老师感到幸福的！只有富有的人才能给予别人，能给予就不贫穷。

写作技巧 / Writing Skill

以小见大，线索明确：布鞋在文中反复出现，串联起一个感恩与关爱的故事，题材虽小，表达的主题却深刻感人。

爱的箴言 / Loving Speaking

一个眼神就是一种肯定，一个微笑就是一种鼓励，一句安慰就能抚平创伤。老师的爱是深沉的，不留痕迹，却让人体味至深。

爬行上班的小学校长

文/草秧

言必行，行必果。不管何时，履行诺言都是做人应尽的本分，不论何地，遵守诺言的人都会受到人们的尊敬。

1998年11月9日，美国犹他州土尔市的一位小学校长——42岁的路克，在雪地里爬行16公里，历时3小时去上班，受到路人和全校师生的热烈欢迎。

原来，在这个学期初，为激励全校师生的读书热情，路克曾公开打赌：如果你们在11月9日前读书15万页，我在9日那天就爬着来上班。

全校师生猛劲读书，连校办幼儿园大班的孩子也参加了这一活动，终于在11月9日前读完了15万页书。有的学生打电话给校长："你爬不爬？说话算不算数？"也有人劝他："你已达到激励学生读书的目的，不要爬了。"可路克坚定地说："一诺千金，我一定爬着上班。"

与每天一样，路克于早晨7点离开家门，所不同的是他没有驾车，而是四肢着地爬行上班。为了安全和不影响交通，他不在公路上爬，而在路边的草地上爬。过往汽车向他鸣笛致敬，有的学生索性和校长一起爬，新闻单位也前来采访。

经过3小时的爬行，路克磨破了5副手套，护膝也磨破了，但他终于到了学校，全校师生夹道欢迎自己心爱的校长。当路克从地上站起来时，孩子们蜂拥而上，拥抱他，吻他……

写作技巧 / Writing Skill

倒叙的手法，避免平铺直叙：文章开篇提到路克校长爬行上班受到师生热烈欢迎这一件事，而后才交代了事情的起因和经过，倒叙手法的运用使文章结构避免了平铺直叙，富有张力。

爱的箴言 / Loving Speaking

没有什么比行动更有说服力，路克校长履行自己许下的诺言，爬行上班，他用自己的行动给学生上了生动的一课，这一课是要告诉他们做人应该信守诺言。相信这一课不仅会让他的学生受用终生，你我也会从中得到感悟。

七 班

文/珍妮丝·康纳利 [美]

她的鼓励唤回了我们的自信，激发我们向上；
她的坚持是我们学习的动力，敦促我们前行。

我开始教学生涯的第一天，头几节课比较顺利。接着，轮到了那天的最后一节课——给七班上课。

我刚走进教室，就见一个男孩将另一个男孩按在地板上。"听着，你这低能儿，"被压在底下者嚷道："我又没骂你妹妹！"

"不许你碰她！你听到我的话了么？"骑在上面的男孩威胁道。

我叫他们停止打斗，两个男孩爬起来，慢条斯理地走到自己座位上。

下课后，我拦住了打架的那个男孩，他叫马克。"老师，别浪费时间啦！"他说，"我们是低能儿。"说罢便优哉游哉地溜出了教室。

感恩老师
Thanks for our teachers

我颓然跌坐到椅子上，开始怀疑我是否该当教师。我对自己说，我估且忍耐一年——待明年夏天结婚后，我将去做更有趣的事情。

当我回到办公室，一位同事告诉我说，七班的学生是随季节流动的摘棉工的孩子，只有在心血来潮时，才会来上学。他劝我不要把时间浪费在那帮孩子身上。

当我收拾东西回家时，总也忘不了马克说"我们是低能儿"时脸上的表情。"低能儿"，这字眼在我脑海里反复出现。我琢磨了许久，认为必须采取点行动。

次日下午，我走到黑板跟前，写上"丝妮珍"。"这是我的名字，"我说，"你们能告诉我它是什么吗？"孩子们说这名字挺古怪的，于是，我又写下"珍妮丝"。几个学生当即脱口念出声来，随后饶有兴趣地说那就是我。

"你们说得对，我的名字叫珍妮丝。"我说，"我刚上学时，老把自己的名字写错，被人称做'低能儿'。"

"那你是如何成为老师的？"有个学生问。

"因为我恨那外号。我脑子一点也不笨，我最爱学习，所以才会在今天给你们上课。倘若你们喜欢'低能儿'这贬称，你们换个班好了。这间教室里没有低能儿！我不会迁就你们。你们要加倍努力，直到你们赶上来。在这间教室里，我再也不想听到'低能儿'这词儿了。因为，你们都是最优秀的，明白了吗？"

这时，我发现他们似乎坐得端正些了。

几个月眨眼间过去了，孩子们的进步令人吃惊。有一

086

天，马克说："人家认为我们笨，还不是因为我们讲话不合规范。"这正是我期待已久的时刻。从此，我们开始专心学习语法，因为他们需要它。

　　6月日益临近，我就要离开这个州去结婚了。每逢我提起这事，七班的学生们便明显躁动不安。我为他们喜欢我而高兴。

　　我最后一天去上课时，当我穿过走廊，看到七班的教室外边，14名同学整齐地站成两排，个个笑逐颜开。"安德逊小姐，"马克自豪地说，"二班送给您玫瑰，三班送给您胸花——然而，我们更爱您。"他示意我进门，我往里头瞧去——教室的每个角落都摆着花枝，我的讲桌铺了一块大大的花"毯"。我惊讶极了：他们是怎么办成这事的？要知道，他们大多来自贫困家庭，为了吃饱穿暖得靠学校补助。

　　我不由得哭泣起来，他们也跟着我哭起来。后来，我才知道：马克周末在花店干活时，看到了别的几个班为我订的鲜花。这个自尊心极强的孩子，再不能忍受"穷光蛋"这类带侮辱性的称呼。为此，他央求花店老板将店里不新鲜的花统统给他。尔后，他又打电话到殡仪馆，解释说他们班需要花为即将离任的老师送行。对方颇受感动，同意把葬礼后省下的花束给他。

那远不是他们给我的唯一礼物。两年后，14名同学全都毕业了，其中还有6人获得了大学奖学金。

20年后，马克已成为一位成功的企业家。更凑巧的是，三年前，马克的儿子进了由我执教的优秀生英文班。

每当我回忆起自己居然想放弃这一职业，去做"更有收益"的事情时，我就禁不住哑然失笑。

写作技巧 / Writing Skill

结尾水到渠成，前后照应：在遭遇到学生的顶撞后，"我"对自己的工作产生了怀疑，想去做"'更有收益'的事情"，然而，经过"我"的一番努力，学生们取得了惊人的进步，"我"不禁为自己当初的决定哑然失笑。水到渠成的结尾，给人深刻、鲜明的印象。

爱的箴言 / Loving Speaking

有位老师曾经说过："谁爱孩子，孩子就爱谁，只有爱孩子的人，才可以教育好孩子。"当别的老师认为七班的孩子无可救药时，安德逊小姐没有放弃，她给他们以鼓励、信心和希望。老师播种了爱的种子，在学生心间浇灌出了爱的花朵。

奇特的礼物

文/崔鹤同

送你一份物质的礼物只会让你受惠一时，助你养成一个好习惯则能让你受益一生。

一位老教授退休后，拜访一所偏僻的山村小学，传授教学经验。

有一次，当他结束在山区某学校的拜访行程，欲赶赴他处时，许多学生依依不舍，老教授为之感动，当下给学生许诺，下次再来时，谁的课桌最干净，他就给谁一份神秘的礼物。

老教授离开后，每到星期三早上，所有学生都一定会将自己的桌面收拾干净。因为星期三是老教授例行前来拜访的日子。

其中有一个学生的想法和其他同学的不一样。他生怕教授会临时在星期三以外的日子来到，于是他每天早上都将自己的桌椅收拾整齐。

但是往往上午收拾妥当的桌面，到下午便又凌乱起来。这位学生担心教授会在下午来到，于是又在下午收拾一次。尽管这样，他还是觉得不妥，如果教授在一小时以后出现，仍会看到他的桌面凌乱不堪，于是便决心每小时收拾一次。

到最后，这位学生终于想清楚了，他必须时刻保持自己的桌面整洁。小学生从此养成了保持整洁的习惯，多年后，当他因为这个习惯而受益时，他才终于明白老教授当年神秘礼物的可贵。

写作技巧 / Writing Skill

设置悬念，引人入胜：文章开篇不久写到老教授许诺送一份神秘的礼物，这份神秘的礼物是什么呢？作者迟迟不说，而是一再地写一个小学生收拾桌椅，直到篇末，作者才揭示谜底，令人恍然大悟，发人深省。

爱的箴言 / Loving Speaking

老教授的礼物确实神秘，始终没有现身，学生直到长大成人后才了悟到它的可贵。那是一份用智慧和爱心打造的礼物，饱含着老教授的期盼。无言的引导，让学生受益一生，感恩一生。

请假条

文/钟雨楠

一个要逃课,一个要制止逃课,这是学生与老师之间的较量。
有的时候学生觉得自己赢了,其实他还是输了。

那是大二下半学期的事了。教我们英语泛读的是一位认真的老太太,教学很有特色。可惜我除了表面上对她表示尊敬外,并不欣赏她的慢条斯理,上课时我常常缩在最后一排,看自己的书,干自己的活。我不是一名好学生,幸好她也没那么认为,否则准提问你个没完。虽然我不爱上她的课,甚至有些害怕上她的课,但还没有逃过课。有一天,我实在不愿待在教室,就写了一张请假条托同伴交给老太太。

亲爱的先生:

很遗憾,我没去上您的课。也许有人告诉您我去了医院看病——事实上，人总有各种各样的病。但是，坦率地承认，我真的没有做好上课的准备，因为我不得不花许多精力去干某些更重要的事。我知道要在短期内提高英语水平是不可能的，我也知道不先预习而上您的课是没有意义的。我当然知道，要得到某些东西必须要失去另外一些东西，您说我逃课也好，病假也好，反正事情发生了。

您的学生即日

上课铃响过，我在远处望着自己的教室，想象着老太太收到这张假条的神情：发怒？置之不理？觉得非常有趣？课后，有同伴捎话，老太太让我去她办公室。这时，我才感到自己有点过分了。当我敲她办公室的门时，简直有些害怕，尤其想到她那严厉的目光透过老式眼镜就很不安。我走进办公室，老太太不在。同办公室的先生见我找她，便指了指她的办公桌上留下的纸条。我看着纸条，不觉有些脸红。

亲爱的学生：

很遗憾，我没等到你来。也许有人会告诉你我去了医院看病——事实上，人总是有各种各样的病。但是，坦率地承认，我真的没有做好和你交谈的准备，因为我不得不花许多精力去干某些更重要的事。我知道要在几分钟内改变你的观点是不可能的，我也知道不先做准备和你交谈是没有意义的，我当然更知道要得到某些东西必然要失去另外一些东西。反正事情发生了，谁也不欠谁的。可是有一点你必须明白，你现在所学的是基础，建造任何大厦的地基。

你的老师即日

写作技巧 / Writing Skill

对称手法使文章颇具特色：两张纸条，一上一下，一呼一应，使文章具有一种对称美。同时文字诙谐有趣，别具一格，尤其是老师的那张纸条，虽然大部分文字模仿了前者，但更具有一种震慑的力量。

爱的箴言 / Loving Speaking

青春期的我们，是叛逆的，偶尔会与成人的世界进行对抗。如何消除对抗，老师们各有其招，有的用爱去感化学生，有的用严厉的管教去约束学生，有的会用一些高明的技巧来点化学生。严厉也好，慈爱也罢，不管是何种方式，他们的付出都会让我们感恩一生。

人生的一大秘密

文/亨利·欣德尔 [美]

他的别出心裁唤醒了学生的学习热情，
他的谆谆教导留在了每一个学生的心中。

我至今还清楚地记得读高中时最后一学期的第一堂英语课。我们这些男孩子翘首期待着新老师的到来，不多时，一位个头很高、约莫四十来岁的男人走了进来。他腼腆地向我们问好，然后把自己的名字——威尔马·斯通写在黑板上。

"先生们，"他说，"我们这学期将一块儿学习一些有关新闻写作的知识，最重要的是，我们将努力感受优秀的文学作品给人带来的乐趣……"他的语气中没有任何教诲的意思，而是充满友好与理解。

接下来的日子里，斯通先生给了我们一个老师所能给的最了不起的礼物——唤醒了我们的学习热情。他总能找到一种方法来吸引我们的注意，比如先是透露某部文学作品中人物与思想的一部分，引起我们的好奇，然后戛然而止，说："我还以为你们读过某某作品呢！"看到我们摇头，他就在黑板上写下某本书的名字。

他十分推崇广泛的课外阅读。有一次他说："如果你生活在另一个世纪或是另一个国度，你的感觉会怎样？为什么不在18世纪大革命时期的法国生活一会儿呢？"他停下来，在黑板上写下《双城记》——狄更斯；"或者在罗马帝国住一段时间？"他写下《本·赫尔》——华莱士。

在毕业典礼之前，全班同学决定给斯通先生举行一场文学欢送会，我们编写了诗歌和歌曲。一位同学提议编一首模仿诗，我们便模仿吉尔伯特和沙利文的《警察的遭遇很不幸》，将其改为《威尔马的遭遇很不幸》。

那天下午，斯通先生在第一排就座。当我们开始合唱那首模仿诗时，我们看到有泪水顺着斯通先生高高的颧骨滚落下来。快唱到结尾

时，大伙儿喉头哽咽，再也唱不下去了。

斯通先生掏出一块手帕，擤了一把鼻涕，揩了一下脸。"孩子们，"他开口说话，"我们美国人不大擅长表达感情。但我想告诉大家，你们给了我让我终生难忘的东西。那就是人生的一大秘密——给予，把这一思想留给你们也许是恰当的。只有当我们给予的时候，我们才是真正幸福的。我们一直在学习的那些伟大的作家之所以伟大，就是因为他们为别人全身心地献出了自己的时间和精力。我们是伟大还是渺小，取决于我们给予别人的是多还是少。"

我知道，威尔马·斯通先生生命的一部分已经留在了曾在318教室里聆听他教诲的我们每一个人的心中。

写作技巧 / Writing Skill

先叙后议，点明题旨：文章先是叙述了一位老师唤醒了学生们的学习热情、学生们举办欢送会作为回报，之后老师的一段议论性的话语紧承上文，点明了文章的主旨：人生的一大秘密——给予。议论深刻有力，富有哲理。

爱的箴言 / Loving Speaking

当文中的老师将友好与理解给予了他的学生，把爱给予了他的学生，学生们真正地理解了老师的话——人生的一大秘密在于给予。老师的教诲是照亮学生心灵窗户的盏盏烛光，会让学生铭记一生。

生命的激励

文/塞西尔·惠特克 [美]

没有苦口婆心的说教,没有疾言厉色的训斥,
有的只是慧眼和信任,浓浓的爱心能为我们铺就成功的道路。

那年9月,我成了一名中学生。那时的我对学校的乐队充满了向往,一心想成为其中的一员。但恰逢经济大萧条,家里没有多余的钱为我买乐器。

不久,我代别人当了一名投递员,并因此用攒下的10美元买了一只旧的银质短号。这只短号有些漏气,每当我吹起的时候,它发出的声音就像是"呼噜呼噜"的喉音似的,难听极了。尽管如此,我还是被允许加入了学校的初级乐队,跟着洛伦·梅纳德先生学习音乐。后来,它吹出来的声音渐渐地有些音乐的感觉了,再也不像以前那么难听了。于

是，我开始梦想着有朝一日我也许能够用它吹出优美动听的音乐。

有一天，有人告诉我，校长请我去他的办公室。我大吃一惊：校长为什么要让我到他的办公室去？难道我做错什么事了吗？

我忐忑不安地走过长长的走廊，向校长办公室走去。然而校长霍利斯·史蒂文森先生的话却大大出乎我的意料。"塞西尔，梅纳德先生告诉我说你在音乐方面很有才华，他说你很有希望成为一名出色的短号演奏者。不过，我听说唯一阻碍你在音乐方面获得进展的是因为你没有一只像样的短号，是这样吗，塞西尔？"

于是，我就把我家里的境况告诉了他。这时史蒂文森先生说："塞西尔，我这儿有一个商业性的计划，你看是否可行。如果以我的名义为你与银行签署一份信贷协议，让你买一只新的小号，你能以按月归还的方式来还清这笔贷款吗？"

"行，行，先生！"我连忙答道。

从那以后，我又找了一份工作，一年之后，我还清了买小号的100美

元的债务。因为有了新的小号，我的吹奏水平很快提高，并一步步地成了学校乐队、交响乐团的首席乐手。

中学毕业后，我进入大学，后来又攻读了音乐硕士学位。此后，我先后在公立学校的乐队和交响乐团任教。

当然，我今天的成就都应归功于这两位老师：梅纳德先生的慧眼发现了我有音乐方面的才能，从而为我打开了通往另一个世界的大门；而史蒂文森先生，竟然把他的信任无私地交给我这个一心梦想成为一名小号演奏者的毛头小子，从而使我取得了今天的成就。

我永远也不会忘记他们两位为我所做的一切。因此，在教学过程中，我时刻以梅纳德先生和史蒂文森先生为榜样，像他们当年激励我的生命一样来激励我学生的生命。

写作技巧 / Writing Skill

结尾点题，文、题呼应：文章用事例列举了两位老师对"我"的帮助，结尾处点明文章主旨，并与文章题目相呼应，令人印象深刻。

爱的箴言 / Loving Speaking

昔日的学生如今已为人师，但他心中永远记得两位老师的恩情，并将他们给予自己的那份爱传递下去。爱是老师给予我们的财富，将它传递下去吧，传给我们的老师，传给我们的亲人，传给我们的朋友，为他们增添一份快乐，让他们感受到生活的美好。

师者老马

文/王涛

他是普通的,因为他是千千万万师者中的一员;
他又是与众不同的,因为他侠肝义胆,心忧天下,不谙世俗,只知奉献。

毕业一年多了,也许马老师已认不出我这个学生,但我却总不能忘记马老师。马老师,学生也称其老马。年近五十,副教授。不拘形迹,打扮常像看门人,头发茂密且无序。他个性鲜明,有点侠客味儿,有时甚至像堂吉诃德。在学校诸多温文尔雅的教授之中,他显得很有特点。

第一堂课,马老师为我们讲的是有关"锅炉燃烧与烟气净化"的内容,他语出惊人:"你们热能专业的学生都是小败家子。人类的文明发展史可归结为两把火。第一把火烧熟食物,给人类带来了光明和温暖;第二把火在锅膛里燃烧,给人类带来了工业文明,但污染也大量出现,生态遭严重破坏。如此下去，子孙后代要骂我们的！"台下寂静无声。这是大学四年来，我们第一次真正意识到对社会环境应负有的一种责任。先前我从未想到它离我们如此之近。

教材是马老师自编的，收录了他多年整治污染的研究成果，很多属于他自己的技术秘密。他有时似乎也有"知识产权"的概念。他对我们说："我的课只讲给我的学生听。"只要有外人来听课，他就喜欢"讲些重点的东西"。而在我们的课堂上，他总恨不得把脑子里的知识都掏给我们。

一日，马老师饭后散步到一家煤厂，见厂里生产的是普通型煤，他便找到"头儿"，非要告诉人家几项能降低硫氧化物的排放、减少污染的技术不可。那"头儿"也许以衣貌取人，也许对污染压根就不关心，也许不相信天下还有这等好事，反正把老马轰走了。说起此事时，老马一副耿耿于怀的样子。

毕业前，老马竭力煽动我们跟他去一单位搞毕业设计。他的广告语竟然是："跟我搞毕业设计，有酒喝，有肉吃，有车坐。"结果去了

后,"酒、肉、车"不幸都打了折扣。

其实,这不足为怪。老马给人家搞设计,完成之后,有的单位(特别是那些经济不景气的单位)的"头儿",只要称兄道弟跟老马喝几杯,最好再拉扯上些什么校友之类的关系,多哭哭穷,老马就会义无反顾地"扶贫",而忘了为何自己总属教授中的"第三世界"。

毕业时,老马送的"马语"是:"大学四年,你们应该带着'句号'进来,带着'问号'出去;不应带着'问号'进来,带着'句号'出去,否则你的大学生活是失败的!"

马老师啊,您好像什么都明白,又好像什么都不明白。

写作技巧 / Writing Skill

一线串珠,结构清晰:本文是一篇写人记叙文,通过几件小事从不同侧面塑造了一位不拘形迹、有社会责任感、不计个人得失的知识分子形象,对他的赞美是文中深埋的线索,起到了贯串全文的作用。

爱的箴言 / Loving Speaking

文中的老师个性鲜明,具有诸多优秀品质,而他所表现出的高度的社会责任感尤其令人感叹。他的那种心容寰宇、关心社会进步的广阔胸怀不仅会让他的学生受到启迪,想必你我也会因此受益。

师作舟楫徒行船

文/鲁钊

青出于蓝而胜于蓝,冰出于水而寒于水。
看到学生成才,是每一个老师的心愿。

我上初中的时候,有一位杜老师教地理。杜老师教课教出了艺术,教出了绝招儿,他把中国各省和世界各国地图、主要物产、矿藏、人口、气候、位置等情况都烂熟于心。杜老师上课基本不带教案和课本,经常在外边散步,课代表过来一叫"杜老师,该你的课了",他应一声"嗯,知道了",就慢慢踱过来。进了教室,问大家:"上节课讲到哪儿了?"同学们告一声,他就随口接着讲起来,好像他肚里装着教案和课本一样。杜老师最绝的是脸对着同学,嘴里不停地讲着,右手在背后黑板上随意画着,待讲课告一段落,他扭过身子,黑板上已经出现了一

感恩老师
Thanks for our teachers

幅他所讲的中国某省或世界某国的地图，基本没啥差错，用现在的话说，那就是"酷毙了"。

毕业那年，我们班地理平均成绩全地区第一。

一晃十几年过去了，有一年春节，我们班几个要好的同学回老家过节，大家就请了杜老师及其他几位老师团聚，以感谢当年教诲之恩。

几个同学虽都在天南海北，大都事业有成，或成"总"或当"长"。甚至其中有两个同学因工作性质或生意需要，今天菲律宾、新加坡，明天英格兰、法兰西，后天又到美利坚、加拿大，在地球村里蹿来蹿去。

席上觥筹交错，渐渐红光满面，在老师面前开始还有些微拘谨，面红耳热之后就放开了话头。

酒正酣，话愈多。突然，那个春风得意今赴美明飞欧的同学，醉醺醺又端起了酒杯向杜老师敬酒，嘴里却有些许揶揄意味地说："杜老师，你课教得那么好，世界装在你胸中，却最远只去过小县城，我是你

教出的学生，却非洲、欧洲、大洋洲到处跑，你说这是为啥？"

醉话一出，一桌寂然。有人在桌下狠狠踩那位口吐不敬之言的同学的脚。但话语出口，覆水难收。人们也无可奈何，只好偷眼看着杜老师。

杜老师却毫不介意，脸无异色，一如往常，接过敬酒一饮而尽，细细品尝美味，又举箸夹菜压酒，这才慢悠悠地说："你说得很对，我胸怀世界却足不出县，你是学生却飞遍全球，这是我的心愿，我的成果，这就是师之意啊，正所谓'师作舟楫徒行船'嘛。"

闻听此言，一桌肃然，人人彻悟，无人再醉。

写作技巧 / Writing Skill

题目新颖，文题呼应：文章开篇描述老师的超群技艺，接着写到众生事业有成，篇末老师的一句"师作舟楫徒行船"既暗合前文内容，揭示了文章主旨，又与题目相呼应。

爱的箴言 / Loving Speaking

老师，就是甘为人梯，把学生举得更高、让他们看得更远的那个人；老师，就是甘作舟楫，让学生借着他的力量行得更远的那个人。感恩老师吧，因为我们的收获离不开他们的付出，我们的成功离不开他们打下的基础。

感恩老师 Thanks for our teachers

特殊的"体罚"

文/兰妮·麦克穆林 [美]

皮肉的惩罚会让人悔改，但是别样的惩罚更加震撼人心，更加令人记忆深刻，因为这体罚中饱含着老师的期望。

在我们镇上住了三十多年的弗洛斯特女士，是全镇老少心中的严师。我不知道她是如何走进众人心中的。至于我，则是因为一次难忘的体罚。

那是一次数学考试。考试前，弗洛斯特女士拿着那个著名的松木板子对我们说："我们的教育以诚实为宗旨，我决不允许任何人在这里自欺欺人。好了，开始考试。"说完，她就在办公桌后坐了下来，拿起一本书，看了起来。

我勉强做了一半，就被卡住了，无奈之下暗暗向好朋友伊丽莎白打了招呼。不一会儿，伊丽莎白传来了一张写着答案的纸条。我抬头向讲台望了一眼——她正读得入神，对我们的小动作毫无察觉。我赶紧把答案抄在了试卷上。

晚上，我翻来覆去，难以入眠。早就听人说过，教室里一只蚂蚁的爬动也逃不过弗洛斯特女士的眼睛。这么说，她当时只是故意装聋作哑罢了。思前想后，我决定和伊丽莎白一起去自首。

周一下午，我们战战兢兢地站到了老师面前："我们知道错了，我们以后永远不做这种事了。"

"姑娘们，你们能主动来认错，我很高兴。不过，大错既然铸成，你们必须承受后果——否则，你们不会真正记住！考试作零分计，而且——"

看到她拿起松木板子，我们都惊恐得难以自持。她吩咐我们分别站在大办公桌的两头，伏在自己身边的椅背上，还要把眼睛闭上。

我抖抖索索地在椅背上伏下身子。"啪"的一声，宣告了惩罚的开始。接着，传来了伊丽莎白的呜咽。"啪！"打的又是伊丽莎白，我不敢睁开眼睛，随着伊丽莎白一起哭起来。

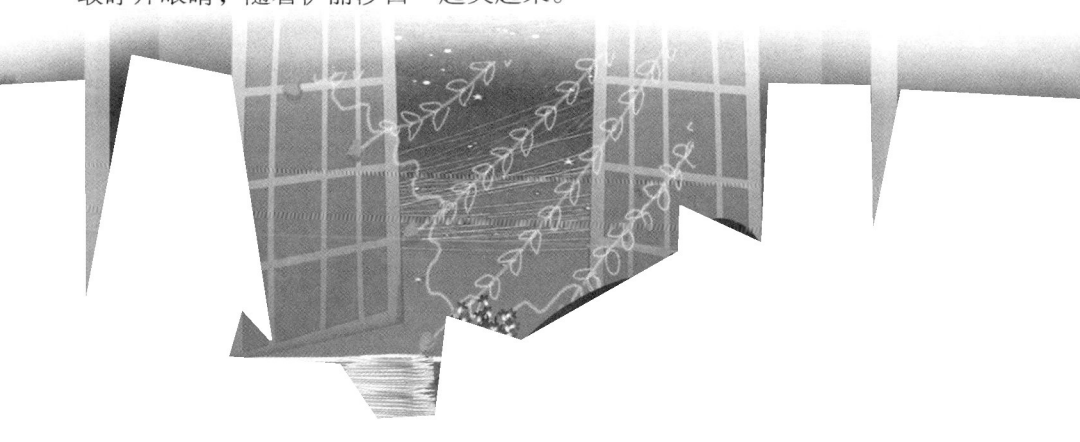

"啪！"伊丽莎白又挨了一下——她一定受不了啦！我鼓起勇气说："请您别打伊丽莎白了！您还是来打我吧，是我的错！"几乎同时，我们都睁开了眼睛，可怜兮兮地对望了一下。没想到，伊丽莎白竟红着脸，说："你说什么？是你在挨打呀！"

　　疑惑中，我们看到老师正用那木板在装了垫子的座椅上抽了一板："啪！"哦，原来如此！——这便是我们受到的"体罚"，并无肌肤之痛，却记忆至深。在弗洛斯特女士任教的几十年中，这样的"体罚"究竟发生了多少回？我无从得知。因为有幸受过这种板子的学生大约多半会像我们一样：在成为弗洛斯特女士的崇拜者的同时，独享这一份秘密。

写作技巧 / Writing Skill

　　开门见山，首尾呼应：文章开篇以倒叙的手法引出"一次难忘的体罚"，此后详细回忆了体罚的前因后果，结尾处作者再次指出体罚的难忘，与开头呼应，深化了主题，并且使得文章结构具有一种完整之美。

爱的箴言 / Loving Speaking

　　特殊的"体罚"虽无皮肉之痛，但却让人终生难忘。惩罚不是目的，让学生明白一些道理才是惩罚的最终目的。愿我们都能理解老师的这份苦心，用释然的笑脸和点点进步来回报老师。

天使的翅膀

文/安心

只要拥有一颗美丽的心灵，
便会在别人的疤痕中看见天使的翅膀。

辉仔非常自卑，他背上有两道非常明显的疤痕，从颈上一直延伸到腰部，所以辉仔非常害怕换衣服，尤其是上体育课。当其他的小孩子很高兴地脱下校服，换上轻松的运动服时，辉仔总会一个人偷偷地躲在角落里，将背部紧紧地贴在墙壁，以最快的速度换上运动服，生怕别人发现。可是，时间久了，其他小朋友还是发现了他背上的疤。

"好可怕哦！""怪物！" 天真无邪的话有时很伤人，辉仔很委屈，伤心地哭了。这件事发生以后，辉仔的妈妈特地牵着他，去找老师。"辉仔刚出世就患了重病，"妈妈说着，眼睛红了，"幸好当时有位很高明的大夫，动手术挽救了他，他的背部便留下了两条疤痕。"

妈妈转过头吩咐辉仔掀给老师看。老师惊讶地看着那两道疤，心疼地问："还会痛吗？"辉仔摇摇头："不会了。"老师摸了摸辉仔的头说："明天体育课，你一定要跟大家一起换衣服哦。"辉仔眼里，晶莹的泪水滚来滚去："可是，他们又会笑我，说我是怪物。""放心，老师有法子，没有人会笑你。真的！"老师说。

第二天上体育课，辉仔怯生生地躲在角落里，脱下了他的上衣。果然不出所料，有小朋友又厌恶地说："好恶心呀！"

辉仔的眼泪流了下来。这时候，老师出现了。几个小朋友马上跑到老师面前说："老师你看，他的背好可怕，像条大虫。"

"这不是虫！"老师很专注地看着辉仔的背部，"老师以前听过一个故事：传说每个小朋友都是由天使变成的，有的天使变成小孩的时候很快就把翅膀脱了下来。有的小天使动作比较慢，来不及脱下他们的翅膀。这时候，那些小天使变成的小孩，就会在背上留下这样两道痕迹。"

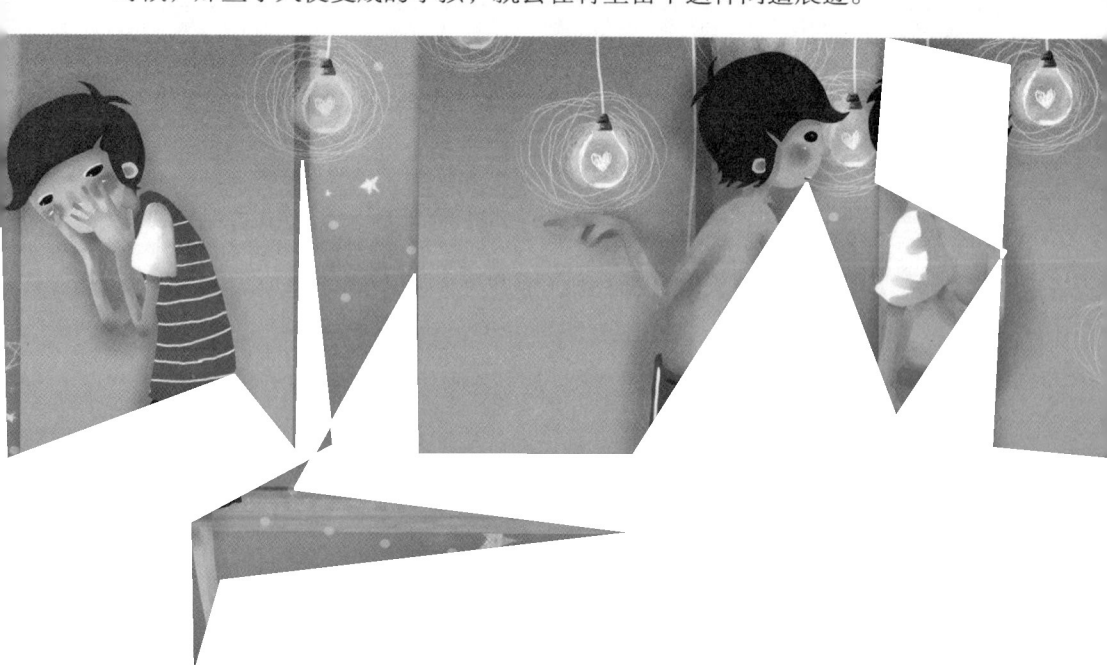

"哇！"小朋友发出惊叹的声音，"那就是天使的翅膀？"

"对啊，"老师露出神秘的微笑。突然，一个小女孩轻轻地问："老师，我可不可以摸摸小天使的翅膀？""这要问小天使肯不肯。"老师微笑地向辉仔眨眨眼睛。辉仔鼓起勇气，羞怯地说："好。"女孩轻轻地摸着他背上的疤，高兴地叫了起来："哇，好软，我摸到天使的翅膀了！"

女孩这么一喊，所有的小朋友都大喊："我也要摸！"于是，教室里几十个小朋友排成长长的队伍，等着摸辉仔的背……

后来，辉仔渐渐长大。他高中时还参加了全市的游泳比赛，获得亚军。他勇敢地选择了蝶泳，是因为他相信，他背上那两道伤痕，是被老师的爱心所祝福的"天使的翅膀。"

写作技巧 / Writing Skill

淡淡的叙事为后文蓄势：文章从辉仔遇到的难题切入，交代了他背上伤痕的来历，为下文蓄势，引出老师以聪明与爱心帮助他渡过心理难关的环节，读后令人感动。

爱的箴言 / Loving Speaking

文中的教师是一位充满爱心的"天使"，"天使"用智慧与爱心保护了一颗脆弱的心灵，帮助他走出了自卑的阴影，让他得以坦然面对人生中的风风雨雨。这份爱，令男孩感激，令我们动容。

我的老师

文/海伦·凯勒 [美]

安妮·沙莉文小姐到来的那一天,是海伦·凯勒一生中最重要的日子,从那天起,她给海伦带来了光明和希望。

在我的记忆中,我的老师安妮·沙莉文来到我身边的那天是我平生最重要的日子。那是1887年2月3日,距离我满7岁还有3个月。

那天下午,我从妈妈的手和匆忙来往的人们的脚步,隐约感觉到某种不寻常的事情就要发生。我一声不响地站在大门口,坐在台阶上等待。

我感觉到有脚步向我走来,以为是妈妈,便向她伸出了手。我被一个人抱住了。这人是来让我看到这个有声有色的世界的,更是来爱我的。

我的老师在到来的第二天便把我引到了她的屋里,给了我一个玩具娃娃。在我玩了一会儿玩具娃娃之后,沙莉文小姐便在我手心里拼写d—

o—l—l（玩具娃娃）这个单词。我立即对这种指头游戏感到了兴趣，模仿起来。我正确地写出了那几个字母。在以后的日子里，我以这种我并不理解的方式，学会了很多单词。到我懂得每一样东西都有一个名字的时候，已是几个礼拜之后的事了。

  有一天，莎利文小姐很耐心地教我，可是我自己发了脾气，抓起玩具娃娃，摔碎在地上。发了一顿脾气，我既不懊悔也不难过。因为在我生活的那个没有声音没有光明的世界里，本没有什么细致的感受和柔情。

  莎利文小姐给我拿来了帽子，我们沿着小路来到井房。老师把我的手放在水龙头下面。当清凉的水流冲在我手上的时候，她在我的另一只手的掌心里写了w—a—t—e—r（水）这个单词。我全部注意力集中到她指头的运动上，突然蒙眬地感到一种什么被遗忘了的东西——一种恢复过来的思想在震颤。语言的神秘以某种形式对我展示出来。我明白了"水"是指那种奇妙的、清凉的、从我手上流过的东西。那个活生生的单词唤醒了我的灵魂，给了它光明、希望和欢乐。

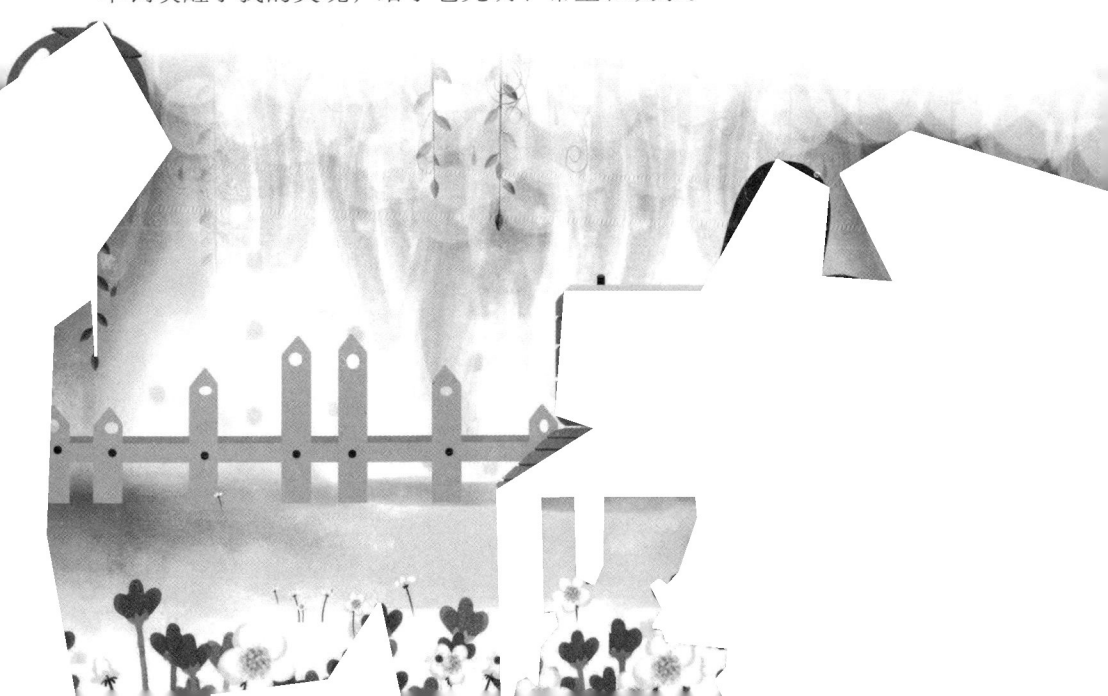

当我们回到屋里去时，我所摸到的每一件东西都好像有生命在颤动。那是因为我用出现在我心里的那种奇怪的新的视觉"看"到了每一个东西。进门的时候，我想起自己打破了的玩具娃娃。我把碎片捡了起来，努力把它们拼合到一处，但是没有用。我的眼里噙满了泪水，第一次感到了悔恨和难过。

　　那一天我学会了很多单词，我记得其中有妈妈、爸爸、姐妹、老师这些单词。那天晚上，我躺在自己的小床上，重温起那一天的欢乐，我感到自己是世界上最幸福的孩子。我第一次渴望新的一天的到来。

写作技巧 / Writing Skill

　　巧用过渡，结构紧凑：第四段段末那句话是一个过渡句，此句承上启下，开始了下文中"我"真正明白"每一样东西都有一个名字"的叙述。文章中使用过渡句，可以使文章联系紧密，浑然一体。

爱的箴言 / Loving Speaking

　　面对失去视力、脾气乖张的小海伦，安妮·莎莉文小姐用爱心激起了她的求知欲望，让她获得了新生。难怪海伦·凯勒在《假如给我三天光明》一书中深情地说，"希望长久地凝视我亲爱的老师，安妮·莎莉文小姐的面庞"。老师的爱是一道光，照亮了黑暗的世界；老师的爱是一缕亮色，为无色的生活增添了光彩。

我交给你一个孩子

文/克里斯蒂娜 [英]

见义勇为说起来容易,做起来难,但眼见花儿一般的生命受到摧残,有的人真的挺身而出了。

在学校门口,我遇到了契肯老师。"老师,这是妈妈给的。"我把一封信交给他,那是我们的约定。

半年前,我从学校回家时,发生了一件令社区居民和学生深感恐惧的事情。当时我坐在公交车上,邻座一位看上去很帅的青年向我打招呼。"你的头发很漂亮。真的!"我不好意思了,我说:"您赞美我,是不是有事求我啊?"

"啊哈,好聪明!我是要求你的帮助。"他伸出手来,捏住我的手,待车停下时,牵我下了车。

感恩老师
Thanks for our teachers

命运是灰色的吧？我真没料到，竟是一个魔窟等着我。我被他带到了几百里以外的村庄。那家伙有一个团伙，他们逼迫我吸毒。我不从，他们就狠狠地打我。

命运又是蓝色的吧？是蓝色，像天空那样的蓝色。谁也没想到，契肯老师当天正好从皇后区回校，他发现了那家伙与我的事。之所以引起他的注意，是因为我很像他失踪的女儿。多年前，他的女儿就是放学后失踪的。不过，很快他便放弃了这种想法——因为她女儿的年龄比我大得多。他跟踪过来，又花了近两个月的时间，来往于伦敦和那乡村的秘密地点。后来他装成一个疯老头，钻进地窖，骗过看守把我救了出来！

政府要授予他"孤胆罗宾汉奖章"。契肯却回答说："我没做什么，只不过是我已失去一个女儿，不想再失去一个。"

为了报答契肯老师，母亲让我去做契肯老师的孩子。可契肯不同意："假如我只是因为克里斯蒂娜像我女儿才救她，那么我不配做老师。我只要求一件事，让克里斯蒂娜到我教课的学校念书吧。"父亲说："这是个好主意。那么，让克里斯蒂娜的母亲答复吧。"就是这个约定，需要今天答复他。

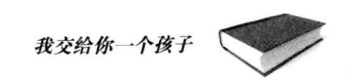

以下是妈妈交给契肯的信。

契肯以及像契肯一样的老师：

我看着孩子步出长巷，她既不跑也不跳，一副循规蹈矩的样子。我想告诉城市的每一座楼，每一块草坪，今天我交给你一个孩子，她还没有真正逃离恐惧和灾难。我把她交给校园，交给计程车、运货车、警察、乘务员，交给一切在马路上可以遇到的人——你们会小心待她吗？会伸一伸手帮助她吗？会像契肯一样去保护她吗？我交给世界和早晨一个孩子，你们会给她什么？

契肯老师把妈妈的信贴在了校门边的黑板上。契肯老师、路过此处而停步阅读它的老师和我都热泪盈眶。

写作技巧 / Writing Skill

使用象征，引出下文："命运是灰色的吧？""命运又是蓝色的吧？"文中两次使用象征手法，暗示了"我"即将面临的境遇，同时增添了几分文学气息。

爱的箴言 / Loving Speaking

当文中的老师冒着生命危险深入魔窟将女孩救出来后，他已经不单单是一位老师，他还是一位慈父，一个英雄。教书育人是老师的职责，在学生陷入困境、需要帮助时，他们同样会奋不顾身，用大义大勇来书写师之爱。

感恩老师
Thanks for our teachers

我最好的老师

文/大卫·欧文 [美]

授人以鱼，不如授人以渔。
老师教给我们的那些科学的学习方法，更为可贵。

怀特森先生教的是六年级的科学课。在第一堂课上，他给我们讲了一种叫做凯蒂旺普斯的夜行兽，冰川期中因无法适应环境而绝迹了。他一边说，一边把一个头骨传来传去，我们都做了笔记，后来又进行了测验。

试卷发下来时，我惊呆了。我答的每道题都被打了个大大的红叉。测验不及格。

一定有什么地方弄错了！我是完完全全按照怀特森先生所说的写的呀！接着我意识到班里的每个人都没及格。发生了什么事？

很简单，怀特森先生解释道，有关凯蒂旺普斯的一切都是他编造出来的，这种动物从来没有存在过。所以，我们笔记里记下的那些都是错的。难道错的答案也能得分吗？

我们都气坏了。这种测验算什么测验？这种老师算什么老师？

我们本该推断出来的，怀特森先生说道。毕竟，正当传递凯蒂旺普斯的头骨（其实那是猫的头骨）时，他不是告诉过我们有关这种动物的一切都没有遗留下来吗？怀特森描述了它惊人的夜间视力，它的皮毛的颜色，还有许多他不可能知道的事实。可我们一点没有起疑心。

他说我们试卷上的零分是要登记在他的成绩记录簿上的。他也真这么做了。他还说他希望我们从这件事当中学到点什么。课本和老师都不是一贯正确的。事实上没有人一贯正确。他要我们时刻保持警惕，一旦认为他错了，或是课本上错了，就大胆地说出来。

上怀特森先生的课，每一次都是不寻常的探险。有一次他对我们说他的大众牌轿车是活的生物。我们花了整整两天才拼凑了一篇在他那里通得过的驳论。不过他仍不肯放过我们，直到我们证明我们不但知道什么叫生物，且还有坚持真理的毅力时，他才罢休。

我们把这种崭新的怀疑主义带进了所有的课堂。这就给那些不习惯被怀疑的老师带来了问题。我们的历史老师讲着讲着，会有人清清嗓子，说道："凯蒂旺普斯。"

我没做出过什么重大的科学发现，但我和我的同学们从怀特森先生那里得到了一种同样重要的东西：一种正视着某个人的眼睛，告诉他他错了的勇气。怀特森先生还让我们看到，这么做有时候是很有趣的。

有一次我把怀特森先生的事讲给一位小学老师听，他惊骇极了。"他不该像这样捉弄你们的。"那位小学老师说道。我正视着他的眼睛，告诉他全错了。

写作技巧 / Writing Skill

铺垫蓄势，设置悬念："我"按照老师的讲课内容答题，结果每道题得到的都是大红叉，更为奇怪的是，全班同学全都和"我"一样。这是怎么回事？读到这里，想必读者迫切想知道答案，文中悬念的设置非常成功，引人入胜。

爱的箴言 / Loving Speaking

独立思考，善于怀疑，勇于探究，这是怀特森先生对学生的期盼。从那天起，全新的思维方式伴随了学生的一生，创造性的火花不断迸发，成就不断取得，而这一切都要归功于这位与众不同的老师。"最好的老师"，确实如此。

下一次就是你

文/占砚文

每个人都会经历人生的低谷和高潮，
而别人的鼓励和支持往往是支撑我们走出低谷，迈向成功的动力。

有一个女孩对足球十分痴迷，一个偶然的机会，她被父母送到了体校学踢足球。

在体校，女孩并不是一个很出色的球员，因为此前她并没有受过规范的训练，踢球的动作、感觉都比不上先入校的队友。女孩上场训练踢球时常常受到队友们的奚落，说她是"野路子"球员，女孩为此情绪一度很低落。

每个队员踢足球的目标就是进职业队打上主力。这时，职业队也经常去体校挑选后备力量。每次选人，女孩都卖力地踢球，然而终场哨

感恩老师

响，女孩总是没有被选中，而她的队友已经有不少陆续进了职业队。于是，平时训练最刻苦、最认真的女孩便去找一直对她赞赏有加的教练，教练总是很委婉地说："名额不够，下一次就是你。"天真的女孩似乎看到了希望，树立了信心，又努力地接着练了下去。

一年之后，女孩仍然没有被选上，她实在没有信心再练下去了。她为自己在足球道路上黯淡的前程感到迷茫，就有了离开体校的打算。

这天，她没有参加训练，而是告诉教练说："看来我不适合踢足球了，我想读书，想考大学。"教练见女孩去意已决，默默地看着她，什么也没说。然而，第二天女孩却收到了职业队的录取通知书。她激动不

已,立马前去报了到。其实,她骨子里还是喜欢踢足球的。

女孩这次很高兴地跑去找教练了,她发现教练的眼中同她一样闪烁着喜悦的光芒。教练语重心长地说:"孩子,以前我总说下一次就是你,其实我是不想打击你,才不说你的球艺还不够精湛,我是希望你一直努力下去啊!"女孩一下子什么都明白了。

在职业队受到良好的系统实战训练后,女孩充满信心,她很快便脱颖而出。她就是获得20世纪世界最佳女子足球运动员称号的中国球星孙雯。

写作技巧 / Writing Skill

线索明确,主题突出:"下一次就是你"是文章的精华,它浓缩了教练的期待与祝愿,让孙雯看到了希望,一次又一次选择了坚持,最终实现了自己的梦想,也告诉了我们坚持不懈的重要性。

爱的箴言 / Loving Speaking

没有人能独自成功,学生的成才更是离不开老师的辛勤培育。正是因为有了老师的严格要求,我们才改正了自己的不足;正是因为有了老师的安慰和鼓励,我们才鼓足勇气,勇敢地坚持下去;正是有了老师的付出,我们才一次次抓住成功的手。

感恩老师
Thanks for our teachers

写给家长的信

文/艾尔·约翰逊 [美]

一封信征服了一个调皮的学生，
一封封信打开了一扇扇紧闭的心灵之窗。

有个名叫卡莉·韦斯特的女生使我取得了一项大胜利。我在第一堂课上曾向全班宣布："我只有一条规则——尊重你自己和教室里所有其他的人。"

后来，卡莉突然莫名其妙地有了一种"不好的行为"。我讲话的时候，她会直直地盯着我的眼睛，大声打呵欠。她的呵欠总是长久而又夸张，还具有感染力，会使其他学生也都打起呵欠来。

卡莉每打完一个呵欠，都会露出可爱的笑容，并且装作很诚恳的样子向我道歉。当然，我和她都知道她一点也无歉意，这显然是对教师的考验。

经过慎重考虑，我写了封短信给卡莉的父母，告诉他们说，我对于有卡莉这样的孩子在我班上，感到非常高兴，因为她聪明伶俐，风趣可爱，而且成绩不错，平均是乙等。第二天，卡莉第一次打呵欠之后，我就把没有封口的信递给了她，请她交给父母。

到了下星期一，她走到我的讲台前："约翰逊小姐，谢谢你那封信，"她说，"我母亲把它贴在了冰箱上让大家看，在我家，那里就是光荣榜，不过我父亲不相信我在你教的那科能拿到乙。"

"我看不出为什么不能。"我回答说，"你很聪明，总是第一个交作业。"

"不错，"卡莉说，"但是我从未得过甲。"

"那是因为你总是不把作业做完,如果你把作业做完,你会得甲的。"

"可是我的测验成绩也从未得过甲。"卡莉低着头说,"我总是拿丙。"

"你是否从来不温习?"

"是的。"

"我敢打赌,要是你肯用功温习,就会得甲。我是说真的。"

下一次考试时,卡莉拿到了乙上。到了年底,她的英文成绩进步到了甲。

这个成就令我很受鼓舞,我决定给每一个学生写信。我分三批写。第一批写给"坏"学生,因为我认为他们最需要鼓励。有时候我要想很久才能想到些好话,但是我从不说假话,我在每一封信里都说,由于这孩子品性纯良、彬彬有礼、善于与人相处,我对于有他在我班上,感到很开心。

我的工夫并没有白费,只有少数学生依然故我,大部分都已改正了以往的不足。杰森不再是个贫嘴的小鬼,他已成为一个"聪明机智的年轻人。班上进行讨论时,他的言论常常能够提供一些受人欢迎的的风趣"。雪莉是个成绩只勉强及格的学生,但是她"总是把头抬得高高的,充满自信,觉得自己是个衣着不俗且举止娴雅的少女"。

给"模范学生"的信很容易写,我赞扬他们字写得好,不缺课,测验分数高,而且我也没有忘记称赞他们的行为和性情,因为孩子对这些比对学业荣誉重视得多。

当我开始写第三批信给那些既不特别好，也不特别坏的"中间"学生时，骇然发觉自己对他们之中的一部分人竟然毫无印象。然后，我惊悟为什么会有那么多好孩子这么容易在我这儿被遗忘。他们举止斯文，不惹是生非，也不喜欢出风头。他们在莘莘学子中默默无闻，而他们之所以会这样，往往是出于自愿，但有时则是由于被别人比了下去。

最后一批我写得特别小心，花了许多时间。我把它们分发给学生时，双眼一直看着他们的脸，直至看到他们也对我回看，才把视线移开。

给每个学生都写信之后，我感觉到学生渐渐都对我亲密起来，那种感觉美妙极了。那些学生真正相信我对他们每个人都有了认识，对我不再采取对立的态度了。我们互相尊重。

写作技巧 / Writing Skill

自述式文体令文章读起来真实可信：文章运用第一人称的自述式文体，记叙了作者通过努力改善师生关系的过程，给人以真实的感觉。

爱的箴言 / Loving Speaking

文中的老师之所以和学生互相尊重，建立起亲密的关系，那是因为她是在用真心和学生交流，用真情和学生沟通。真心的交流能拉近心与心的距离，真诚的沟通能打破心与心的壁垒。老师的真心换来了学生的真情，老师的真爱将陪伴他们一生。

学生得救，女儿永失

文/佚名

地震发生的时刻，他的机智勇敢使班上的59名学生安全脱险，但自己的女儿却永远回不来了。

2008年5月12日，汶川大地震发生的那一刻，他正带领班上59名学生在县委礼堂参加"五四"青年庆祝会。礼堂突然间晃动起来，而且越晃越厉害。经验丰富的他马上意识到发生了地震。见县委礼堂的椅子离地较高，他马上招呼学生立即就地蹲进结实的铁椅子下面，千万不要乱动。幸运的是礼堂只发生了部分坍塌，但沉重坚硬的横梁和砖头、水泥还是雨点般向下砸，学生们躲在椅子下面，牢固结实的铁椅子起到了非常关键的保护作用。

几分钟之后，屋顶坍塌的重物终于停止向下砸。地震暂时过去了。

就这样，59名学生奇迹般得救了，但他在救援学生时，双手被坚硬的水泥碎块划得鲜血淋漓。

当他和学生们跑出县委礼堂时，发现整座县城几乎被夷为平地，往日的高楼现在成了一个巨大的水泥瓦砾垃圾场。到处是呻吟的声音，满目是被砸倒在地的人群。"学校肯定也出事了。"想到这里，他赶紧往学校方向跑去。

跑回学校时，他惊呆了。两座教学楼垮塌，其中一座被地震完全"粉碎"。后来他才得知，被压在废墟下面的学生有1000名左右。

他的宝贝女儿也在这所学校念书，当时也被压在废墟下面。据同样困在里面的同学喊话，女儿还活着，只是脚受了伤。

幸存下来的教职员工马上投入到紧张的救援工作之中。他在抢救其他学生的同时，每次经过女儿被困的废墟时，都会感觉一阵阵巨大的心痛袭来。女儿被压在巨大的水泥板下面，由于缺乏大型吊车机械，暂时还无法救援。

由于两天来余震不断，女儿被困的空间已经被新塌下来的东西挤占，可爱的女儿永远回不来了。

5月14日7时30分，这是令他永远悲恸的时刻：当女儿的遗体终于从水泥断块下被"掏"出来时，这

个外表粗犷的坚强汉子，在目睹女儿遗体的一刹那，突然情绪失控，放声大哭。悲怆之情，令周围人潸然泪下。

他，就是北川县第一中学初一(六)班的班主任刘宁，一个救出自己的学生却永远失去女儿的教师。

写作技巧 / Writing Skill

巧设伏笔，激发阅读兴趣：文章从开篇直至倒数第二段始终在叙述"他"的故事，"他"到底是谁却一直隐而不提，这样的写法能激起读者的阅读兴趣，吸引着读者追寻答案。

爱的箴言 / Loving Speaking

在大难来临之际，他用冷静和机智挽救了59条鲜活的生命；灾难发生后，在争分夺秒的救援过程中，他一心救助他人，自己的女儿却不幸遇难。他的智慧与无私付出，理应赢得我们的尊重。

严 师

文/玛丽·富特蕾尔 [美]

严师出高徒，有的时候确实如此。
在老师严厉的背后，是一颗希望学生成才的心。

  我从小喜欢言谈，即使在课堂上也喋喋不休，这点恰好是乔丹小姐所深恶痛绝的。乔丹小姐是我高中一年级的语文老师，为人认真、严厉，身高5.5英尺，十分瘦削，戴着一副半圆形眼镜。当她感到气恼时，常低下头，从眼镜顶部逼视别人。

  有一天，在她的课上，我忙于与邻座同学闲扯，没有注意到她已停止讲课，怒视着我："下课到我这里来！"

  那次训斥，乔丹小姐虽然声音很低，却十分严肃，她告诫我以后要静心听课。"作为惩罚，让你写一篇千字作文，题目是《教育及其对经济的影响》，下星期三交稿。"

我如期交卷，颇为自负，满以为完成了一篇佳作，期望能得到她的嘉奖。然而，次日课上，她从眼镜框上看着我，咄咄逼人，把作文掷了回来。"重写，"她说，"记住！每段开头或结尾都应该是主题句。"第二次掷还给我时，为我改正了语法；第三次，拼法；第四次，标点符号；第五次，说我不整洁。我真懊丧极了。

第六次，我工整地誊清了文章，纸边还留出很多空余的地方。这次，她摘掉了眼镜，莞尔一笑，终于收下了这篇作文。自那以后，我把这事忘得一干二净。

才两三个月，我又故态复萌，再一次在她的课上嚷嚷，同学们直向我使眼色，我向上一看，正好与乔丹小姐的目光相遇。"玛丽，我在讲什么？""很抱歉，没听清楚。"我嗫嚅着，期待有同学悄然告诉我，可没有人敢这么做。这次，乔丹小姐没有责备我，继续说："我讲的是

市里举行的作文比赛，结果已经揭晓。"她停顿一下，接着说道："同学们，我很高兴地告诉大家，玛丽在这次竞赛中取得了第三名。"

我始而困惑，继而惊喜，那是我有生以来第一次得奖。几年后，我将当时的感受告诉一位记者，事后竟被长篇大段地登出来，甚至连我对乔丹小姐其貌不扬的描述也在其内。不知道她看了没有，真有点内疚。不过，乔丹小姐终于来信，信上说她的外表无关紧要，重要的是我得到了教训，当我一再重写作文时，我学会了严格要求自己。老师的信感动了我，除了妈妈以外，她是世上我最喜欢的人。

乔丹小姐的话我一直记在心头，它像座灯塔那样指引我——只有严格要求自己，才会取得成功。

写作技巧 / Writing Skill

生动的细节描写，写活人物：写人物要抓住人物的特点，文中乔丹小姐的"怒视"、"眼镜框上看着我"、"把作文掷了回来"，寥寥数语，将一位严厉的老师描画出来，让人印象深刻。

爱的箴言 / Loving Speaking

树苗自幼受刀斧削砍之苦，去除杂枝，长大后才会茂如华盖。学生的成才亦如此。严厉的老师从一开始就帮助他们养成好的习惯，这样就能让他们在以后的学习、生活中做到事半功倍。理解老师的苦心，严格要求自己，既是尊重老师，也是对老师最好的回报。

一个人的家长会

文/洛丽·比 [美]

不要因为暂时的落寞而以为这世界上不再有爱，在某个角落，一定有一双眼睛在默默地关注着你。

她说话温柔，棕色的长发高高地挽在脑后，用一个发卡别住，小耳环在脸两旁晃来晃去。她就是我们六年级的老师雷克夫人。她很爱学生，对我们要求也很严格。从第一眼看见她时，我就喜欢上了她。虽然我学习成绩很好，但性格内向，胆小害羞，一说话就脸红。不过，唯独在雷克夫人面前，我不紧张。

那是我们家最困难的一年。父亲酗酒成性，不能自拔，父母吵闹不休，根本无暇照顾孩子。就在学期结束的时候，学校要开家长会，要求老师和每个学生及家长进行20分钟的交流，对学生这个学期的学习和表

一个人的家长会

现做出评价。

我知道父母不会来给我开家长会,所以一整天我忙这忙那,尽量不去想这件事。学生和家长都在办公室外的走廊上等着。每隔20分钟,就有一个同学的家庭被请进办公室。隔着门缝,我可以听见同学的父母和老师交谈的声音。能有这样的父母多好啊!我连想象一下都不敢奢望。

最后,除我之外,所有学生和家长都进行完了,雷克夫人打开房门,示意我进去。雷克夫人让我坐在一把椅子上,她把自己的椅子挪到我面前,握住了我的手。"首先,我想要你知道的是,我很喜欢你,孩子。"

我在她的蓝眼睛里看到了在过去的一年中常见到的温暖和爱。

"第二,"她说,"你有必要知道,今天你父母没到学校来,这并不是你的错。不管你父母是否在这里,你都应该和其他同学一样,享有一个和老师面对面交流的机会。"

那天，在和老师的交谈中，我知道雷克夫人很关心我。她的话使我懂得了要客观地看自己，保持自信自尊。即使我的家庭状况没法改变，我的父母还会是老样子，但我却有了新的眼光来看我面前的生活。

谈话将结束时，雷克夫人和我默默地望着对方，敬爱的老师伸出手来搂住我，给了我一个紧紧的拥抱。

在那以后的年月里，我还经历了许多成长的烦恼和困难，但是，那次我一个人参加的家长会上，老师给了我一份非同凡响的礼物。我第一次懂得了，我是值得爱的，值得尊重的，雷克夫人让我找到了自信与自尊。从此，我开始怀着自信，用新的眼光看世界，正确面对人生中的一切挑战，生活就在我眼里变得与以前截然不同了。

写作技巧 / Writing Skill

前后对比，深化主题：起初的"我"性格内向，胆小害羞，但是家长会上老师的一席话让"我"的性格和心态发生了巨大变化，"我"变得自信、自尊。主人公的前后变化，突出了老师爱心的作用，深化了主题。

爱的箴言 / Loving Speaking

在老师的关爱里，"我"找到了自信与自尊。有人说："爱是天堂。"这是因为爱能融化心中的坚冰，让我们看到生活的希望。

一个山村教师的欠债

文/谢胜瑜

四十多笔欠债,每一笔,都无关他自己;
每一笔,他最终都已还清。他是清贫的,但他却比银行还富有。

我的朋友是一位乡村老师,他清贫、平淡,在一般人来看,甚至可以称得上无所作为,可是,他却深得人们的尊敬。有一次,我无意中翻看了他的旧账本,旧账本里记录着他的四十多笔欠债。令我诧异的是,这四十多笔欠债,每一笔,数目或多或少,都无关他自己;每一笔,时间或长或短,他最终都已还清……

1990年3月2日,向村信用社借耕牛贷款200元。

事由:学生李丙生摔跤,左脚骨折,送进乡医院后,家里拿不出钱交住院押金,而我手头也拿不出钱,但作为班主任,我不能眼看着不

感恩老师
Thanks for our teachers

管，只好找村信用社的铁哥们仁华帮忙。"耕牛贷款"是仁华兄给我出的点子，这样利息低些，他是真心帮我。

备忘：我从每月96元的工资里扣出20元，这笔钱已于1991年还清，我还给仁华兄买了一瓶"二锅头"酒表示感谢。

1990年4月7日，借学校公款80元。

事由：听说竹笋可以在山外卖好价钱，我决定带领学生去挖竹笋，好积攒点班费。两天时间，我们班挖了四大麻袋竹笋，估计可以卖三四百块。我一个人背不完，又不想耽误学生功课，便请了三轮车，付车资60元，其余20元做路上伙食和回程路费。到城里后，竹笋被没收，没挣到钱，还贴进80元，我跟学校说这笔钱应该由我赔。

备忘：欠款在5月和6月分两次扣清。

1990年9月14日，向同事李进化借款900元。

事由：上级要求清理学生学费欠款，从我毕业分到这所学校的两年里，由我担保的学生总共有885元学费没有交清。

备忘：这笔钱于1994年1月总算还清了，其中108元是两个困难学生

家长坚持要还给我的。

1990年11月20日，到县里银行贷款400元。

事由：学校的围墙倒了，学校无钱重砌，校长到乡里要钱又没要到。就因为这，学校的一名女生差点就被一名"烂仔"猥亵。这太可怕了，我就是自己掏钱，也不能让那些"人渣子"长驱直入。

备忘：这笔钱是我1992年6月结婚后，老丈人帮我还清的。工作了几年居然存不下几百元钱，说出去真的很没面子。

…………

其实，他那时真是错了。因为，他没有听到一句话，而我却碰巧在场："我女婿是个老师，他欠银行的，可他自己也是一个银行，因为，许多人都欠他的。与银行不同的是，他在借出的时候绝对没有想到别人会不会归还。"

写作技巧 / Writing Skill

列举法的运用突出了男主人公的形象：文章节选了一位乡村教师的几笔欠债及事由，用事实说话，用这些平凡而伟大的事迹来塑造他的光辉形象。

爱的箴言 / Loving Speaking

山村教师是一个特殊的群体，他们扎根偏远山村，辛勤耕耘，无私奉献，为孩子搭起一座求学之桥。他们感动了学生，感动了家长，也感动了我们。

一双张开的"翅膀"

文/佚名

他用自己的生命，诠释了什么是为人之师；
他在废墟中的造型，树立了一座不朽的丰碑。

当搜救人员从废墟中搬走压在谭千秋身上的最后一块水泥板时，所有抢险人员都被震撼、落泪——他双臂张开着趴在课桌上，如同一只护卫小鸡的母鸡，身下死死地护着四个学生，四个学生都还活着！

谭千秋是四川省德阳市东汽中学的的教导主任，兼高二和高三年级的政治课老师。2008年5月12日下午2点多钟，谭老师在教室上课，正讲得起劲时，突然间地动山摇。是地震！谭老师立即喊道："地震了！大家快跑，快……"同学们迅速冲出教室，往操场上跑。房子摇晃得越来越厉害了，还有最后四位同学没办法冲出去了，"快到老师这里来！"

一双张开的"翅膀"

谭老师当机立断,将他们拉到课桌底下,然后自己弓起身子,双手支撑在课桌上,用自己的身体盖住了四个学生。冰雹般的砖块、水泥块重重地砸在他的身上,灰尘纷纷掉落到他的头上,教室塌陷了……

13日22时12分,谭老师终于被找到。"谭老师誓死护卫学生的形象,是我这一生永远忘不掉的。"第一个发现谭老师的救援人员眼含热泪说。"地震时,眼看教室要倒,谭老师飞身扑到了我们的身上。"获救的学生回忆。

妻子张关蓉在次日清早见到了自己的丈夫。她拉起丈夫僵硬的手臂,轻揉着丈夫带血的手指,失声痛哭……这双手臂再也不能为她擦去脸上的泪水,再也不能给她栖息的港湾,但就是这双曾传播无数知识的手臂,就是这双为了避免孩子在校园摔倒而捡起每一块小石头的手臂,在地震发生的一瞬间从死神手中夺回了四个年轻的生命,累累伤痕清晰地记录下了这一切!

5月17日，张关蓉带着丈夫的遗物回到丈夫的故乡湖南省祁东县步云桥镇岩前村。花圈雪白，哀乐低回；乡亲们泪流满面，声音哽咽。一些中学生拿着自己折的千纸鹤，站立在英雄回家必经的路旁，为英雄默默祈祷。

为了4个学生的生命，谭千秋老师义无反顾地献出了自己的生命。他张开双臂，守护着他的学生；他用爱和责任，铸就了不朽的师魂。

写作技巧 / Writing Skill

正面、侧面描写相结合，多角度塑造人物：对于谭千秋老师，文章除采用正面描写——地震后谭老师被定格的造型，还采用了侧面描写——第一个救援者对谭老师的评价、获救学生对谭老师的描述。多角度的描写充分塑造了谭老师为了学生舍身忘己的光辉形象。

爱的箴言 / Loving Speaking

在灾难突然降临时，可敬的老师用生命做支撑，为学生撑起一扇生命之门，他的义无反顾，他的舍身忘己，令人动容。大爱无声，铸就师魂，斯人已逝，精神永存。

医治心灵的良方

文/马德

宽容，是人类独有的大智慧，
它不仅可以医治心灵的创伤，更能够擦亮生命的火花。

他是一个差生，但并不想让别人瞧不起。他想改变自己在班里的落后位置，于是萌生了一个荒唐的想法。一次考试的时候，他坐在了一位平素要好而又学习成绩优秀的同学后边，前边试卷的答案，他看得一清二楚。

考试结果正好合了他的心意，他考得并不差。同学们开始对上课睡觉下课疯玩的他惊叹起来，都以为他有一颗超常的脑袋。一天的语文课，靳老师也郑重地表扬了他，看来，老师也没有发现事情的蛛丝马迹，他心中窃喜。又一次考试的时候，内心的惯性让他故伎重演。然而，纳闷的是，后来的每一次考试，他总被排在那位同学的后边，而在

感恩老师
Thanks for our teachers

这之前，那个位置必须通过偷换才能得来呀。

纸里包不住火。同学们逐渐知道了事情的原委，开始对他表现出鄙夷和不屑。背地里，有空就讥讽他。他开始有些承受不住。本来，他想挣脱这种情形，然而每次考试不变的位置安排，让他难堪又难受，实在坚持不住的时候，他去找了班主任老师。

还未等他说什么，老师就先开口了："我知道你会来找我的，从你成绩突然上升的那一次开始，我就觉得其中必定有蹊跷。后来，我知道了，你在抄袭。那时候，我有批评你的冲动，但我最终没有去找你。因为，我清楚，一个虚荣生命的底色是要强，而你也不会例外。所以，我故意每次都那样安排座次。我想总有一天，你的自尊会把自己激怒，让虚荣的你沉没，而让要强的你浮现出来，或许那一天，正是你和我都需要的。"

"那么现在，你来找我，就该是那个要强的你来找我了。我一直认为你是聪明的，再加上你的要强，你最终会成为最棒的……"靳老师轻

拍着他的肩膀说。

　　这是我的同学的故事。他找老师的那一天，是高二的下学期，也正是从那一天起，他好像彻底变了一个人。第二年的高考，他竟然考中了南京的一所高校，出乎所有人的预料。

　　若干年之后，这位在事业上颇有建树的同学回到母校做报告时，颇有感慨地说："当我的人生走上岔路后，老师没有批评我，而是远远地站成一棵树，在地下用爱的根须与我的心灵悄悄相握，在地上用善意的枝杈去静静包容。他春风化雨般的抚慰和引领，是我一生都不能忘记的。"

写作技巧 / Writing Skill

　　以点题之笔，收束全文：作者在文章结束处借用同学的一句话总结全文，点明了"爱与包容是医治灵魂的良方"这一主题，起到了明确中心、使文章结构完整的作用。

爱的箴言 / Loving Speaking

　　当面指出学生的错误，当然能制止学生继续在岔路上前行，然而那并非是最好的处理方式。一个充满爱心的老师会用善意去包容，用耐心去等待。真心的呼唤与悄悄的关爱让学生找回了正确的方向。这份恩情，令学生一生难忘。

最美的眼神

文/马德

> 最美的眼神就是一条汩汩流淌的河流，在不断地荡涤着人的心灵……
> 在对人的影响上，爱的浇灌和人性的感召，永远胜于其他形式。

一所重点中学百年校庆时，恰逢德高望重的老教师雒老八十寿辰。雒老师一生极富传奇色彩，他所教过的学生，许多已成为蜚声海内外的教授、学者以及活跃在时代前沿的IT精英。是什么使雒老师桃李满天下呢？学校决定在百年校庆之际，把这个谜底揭开。

于是，学校给雒老师教过的学生发出一份问卷，其中最重要的一条是，雒老师的哪些方面最让他们满意。五花八门的答案很快反馈了回来，有人认为是他渊博的学识，有人认为是他风趣的谈吐，有人认为是他循循善诱的教学方式，有人认为是他兢兢业业的工作作风；有的学生说喜欢他营造的课堂氛围；有的学生干脆地说，雒老师的翩翩风度是他们最满意的。

然而，学校对这些答案并不满意。在学校看来，这些闪光之处，也可能是其他老师所具有的，并没有代表性。仓促之中，学校在众多的学生中，选出100位最有成就的人。学校认为这100位学生的成功，肯定或多或少受到了雒老师的影响。为了得出较为一致的答案，这次的问题很简单：你认为，雒老师的哪一方面对你的人生影响最大。

答案很快就以传真、电话、电子邮件的形式反馈了回来。出乎意料的是，这次答案居然惊人的一致。几乎所有的学生认为，雒老师给他们人生影响最大的，是他的眼神。

这下轮到组织者为难了，本来他们打算通过这次问卷的形式，揭秘雒老师，同时把得到的答案，作为学校的传家宝流传下去；然而"眼神"这个答案非但没能起到揭秘的效果，反而使事情更加扑朔迷离了。

百年校庆的日子很快到来了。庆祝大会隆重举行，校长讲完话后，便是各界名流的致辞。一位知名教授上台，先向端坐在中央的雒老师深深地鞠了一躬，然后说："今天我有幸能站在这里，与大家共聚一堂，

感恩老师
Thanks for our teachers

首先得感谢雏老师。我刚上这所中学的时候，成绩非常差，说实话，那时我已经丧失了信心和勇气。正是雏老师，把我从困难中拯救了出来。此前母校做了一次问卷调查，问雏老师对我们影响最大的是什么。我的回答就是他那会说话的眼神。是的，那时候，同学们看不起我，父母也对我失去了信心，然而，雏老师的眼神中流动着鼓励和肯定，像一股股暖流，温暖着我自卑和沮丧的心。我就是从他的眼神中得到前进的信心和力量，一步一步地走到现在的……"另一位学者致辞的时候，笑着说："上中学的时候，我最讨厌老师的偏袒，比如偏袒成绩好的，偏袒女生，因为讨厌老师，导致我很厌学。雏老师公正无私的心底，像一方晴朗的天空，清澈、洁净、透明，从他的眼神中流露出来的是种公正的力量，使我的心也变得晴朗起来……"

后来上台的学生中，无一例外地谈到了雏老师的眼神。有的认为，雏老师的眼神在严肃中传递着爱意；有人认为雏老师的眼神在安静中透着温和；有的同学认为雏老师的眼神中蕴满父亲般的慈祥；有的同学认为雏老师的眼神就是一条汩汩流淌的河流，在不断地荡涤着人的心灵……

事实上，大会开到这里已经非常成功了。没有想到的事，就在最后，有一位五十多岁的教师在事先没被邀请的情况下，走上了大会主席台。他说："我也是雏老师的一名学生，而且在一所中学也教了二十几

148

年的书。我一直有一个心愿，就是想让自己也像雒老师一样，把最美的眼神传递给学生。开始的时候，我总不能做好，后来我渐渐发现，能够传递这样美的眼神的人，需要的并不多，那就是你必须有一个满浸着人间大爱的灵魂。这样的一个人，才会生长出最人性的枝蔓，才会漫溢出爱的芬芳。"

他讲完之后，台下顿时响起了潮水般的掌声。在对人的影响上，爱的浇灌和人性的感召，永远胜于其他形式。那一天，学校得到了他们最想要的答案。

写作技巧 / Writing Skill

侧面描写表现人物性格，使得人物真实可信：文中没有对雒老师作任何直接描写，都是通过其学生充满感激之情的叙述来体现，这种侧面描写的方法，使雒老师的形象跃然纸上，真实可信，具有强烈的艺术感染力。

爱的箴言 / Loving Speaking

眼睛是心灵的窗口，最美的眼神浸透着人间大爱的灵魂，流动着鼓励和肯定，流露着公正无私，传递着爱意，透着温和与慈祥，因此能孕育出最富有人性的枝蔓，漫溢出爱的芳香。拥有这样眼神的老师，值得我们永远感恩。

图书在版编目（CIP）数据

感恩老师：令中国学生受益一生的眷眷师恩／龚勋主编．—汕头：汕头大学出版社，2012.1（2021.6重印）
ISBN 978-7-5658-0430-4

Ⅰ．①感… Ⅱ．①龚… Ⅲ．①散文集－世界 Ⅳ．①I16

中国版本图书馆CIP数据核字（2012）第003483号

感恩老师
令中国学生受益一生的眷眷师恩
GANEN LAOSHI LING ZHONGGUO XUESHENG SHOUYI YISHENG DE JUANJUAN SHIEN

总策划	邢 涛	印 刷	唐山楠萍印务有限公司
主 编	龚 勋	开 本	705mm×960mm 1/16
责任编辑	胡开祥	印 张	10
责任技编	黄东生	字 数	150千字
出版发行	汕头大学出版社	版 次	2012年1月第1版
	广东省汕头市大学路243号	印 次	2021年6月第7次印刷
	汕头大学校园内	定 价	34.00元
邮政编码	515063	书 号	ISBN 978-7-5658-0430-4
电 话	0754-82904613		

●版权所有，翻版必究 如发现印装质量问题，请与承印厂联系退换

... to be continued